唯美阅读

Weimei
Yuedu

唯美阅读

一路开花
陈晓辉
/主编/

感恩父母
无私奉献

煤炭工业出版社
·北京·

图书在版编目（CIP）数据

感恩父母　无私奉献／一路开花，陈晓辉主编. --
北京：煤炭工业出版社，2018（2023.2 重印）
（唯美阅读）
ISBN 978 - 7 - 5020 - 7010 - 6

Ⅰ.①感…　Ⅱ.①—…　②陈…　Ⅲ.①故事—作品集—
世界　Ⅳ.①I14

中国版本图书馆 CIP 数据核字(2018)第 248254 号

感恩父母　无私奉献（唯美阅读）

主　　编	一路开花　陈晓辉
责任编辑	马明仁
编　　辑	郭浩亮
封面设计	宋双成

出版发行	煤炭工业出版社（北京市朝阳区芍药居 35 号　100029）
电　　话	010 - 84657898（总编室）　010 - 84657880（读者服务部）
网　　址	www.cciph.com.cn
印　　刷	北京飞达印刷有限责任公司
经　　销	全国新华书店

开　　本	710mm×1000mm$^1/_{16}$　印张　14　字数　220 千字
版　　次	2019 年 1 月第 1 版　2023 年 2 月第 3 次印刷
社内编号	9890　　　　　　　定价　46.00 元

目录
Contents

01
第一辑
Chapter One

02

第二辑

Chapter Two

第三辑

Chapter Three

04

第四辑

Chapter Four

05
第五辑
Chapter Five

第一辑

Chapter One

唯美阅读

Weimei
Yuedu

没有永远的失败，只有被中止的成功

▶ 文／陈亦权

> 没有希望，就没有努力。
>
> ——约翰逊

　　惠特妮·休斯顿1963年出生于美国新泽西纽华克市，她的母亲是一位拥有一个小乐队的歌手，所以父亲经常带休斯顿去观看母亲的表演，一天天的耳濡目染，休斯顿也深深爱上了唱歌，梦想有一天也能成为一位了不起的歌手。

　　遗憾的是，十来岁的休斯顿嗓音并不悦耳，唱低音时太过低沉，唱高音时又太过粗犷，她的母亲觉得她完全不适合唱歌。在休斯顿11岁生日的那天，她的妈妈在表演中要唱一首歌送给坐在观众席上的女儿，结果观众们大声要求休斯顿上台演唱一首，休斯顿兴奋地跑上舞台，还没唱几句，观众们就失望了，有不少人甚至大声喊着让她赶紧闭嘴，最后还是母亲跑上来与她合唱，才算稳住了现场混乱的局面。

此后一连好几年，休斯顿都被母亲隔在了歌唱世界的大门之外，她的母亲甚至不再允许她来看自己表演，休斯顿只能无奈地选择放弃自己的理想。

上中学时的一次，休斯顿的父亲出差去了外地，正在演出的母亲就打电话对她说如果放学后害怕孤独，就到她的表演现场去，但前提是她要自己走过来。休斯顿开心极了，好几年来，这是她能够走进母亲表演现场的第一个机会，然而休斯顿出发后没多久，天空就下起了大雨。无论是跑回家还是找地方躲雨，都有可能会令自己失去这个机会，休斯顿一咬牙，继续冒雨往前面跑去，当她来到母亲表演的后台时，已经被雨水淋成了一个落汤鸡。休斯顿忍不住想，如果刚才半途而废，那么此刻就不会站在这里观看妈妈表演，她突然意识到，这个世界上的任何事情，只有因为放弃而被中止的成功，只要肯努力肯付出，就不会有永远的失败！那么，自己的理想又何尝不是如此呢？

从此，休斯顿重新拾起了信心，根据自己的嗓音特点开始努力练习唱歌、作曲以及各类乐器的演奏，她还时常把自己唱的歌用录音机录下来，然后再寻找不足进行有的放矢的改良，就这样，休斯顿的唱功一天天增强，中学的毕业典礼上，她用吉它弹唱了一首自己写的《明天会相见》，获得了热烈的掌声。

休斯顿的母亲也被她的不放弃精神打动了，慢慢地不再反对她唱歌，而且还经常带着她一起参加表演，休斯顿凭着那浑厚以及强而有力的嗓音、一字多转音的感染力与宽广的音域，被越来越多的人深深记住了，在她 21 岁的时候，美国著名的 Arista 唱片公司找上门来与她签约，第二年，休斯顿就推出了第一张专辑《Whitney Houston》，她把那次在冒雨跑步中得出的体会写进了其中的一首歌里：没有永远的失败，只有中止的

成功。结果这个专辑仅当年就在全球狂卖 2500 万张，一举成为吉尼斯世界纪录上首张专辑销售量最大的女歌手！

之后，休斯顿先后推出了《Whitney》《I'mYourBabyTonight》等多张专辑，不但长期占据着排行榜冠军的宝座，而且还获得三项格莱美奖，休斯顿被列入了灵魂音乐名人堂，成了名副其实的国际乐坛天后！尽管如此，休斯顿并没有停止追求的脚步，她开始接触电影制作和电影表演，她的第一部电影《终极保镖》就成为全球 100 部最卖座的电影之一，搬走了包括音乐在内的 8 项大奖，成了 90 年代片酬最高的电影演员，随后的《等待梦醒时分》《牧师的妻子》等影片也都是好评一片，票房非凡。

休斯顿成功了！根据吉尼斯世界纪录，休斯顿是获奖最多的女歌手（获奖 415 次，提名 562 次），而且她还保持着全世界超过一亿 8000 万张专辑的销售纪录，被美国《时代周刊》评为世界七大女歌星之一。

2011 年底，全世界最著名的 007 系列影片投资商找到休斯顿，请她出演未来一部 007 影片的邦德女郎，然而，就在休斯顿与投资商讨论合作详细计划的过程中，2012 年 2 月 12 日，休斯顿却因为酒后洗浴，猝死在了洛杉矶希尔顿酒店的浴缸之中。

死者已矣！休斯顿虽然离这个世界而去了，但她追求理想的那种精神，却伴随着她优美动听的歌曲留在了这个世界上，给人以永恒的感动和启示——只有中止的成功，没有永远的失败，一切只看你是否愿意为此而付出不懈的努力！

小镇镇长的支持率

▶ 文 / 陈亦权

> 要学孩子们，他们从不怀疑未来的希望。
>
> ——泰戈尔

今年 18 岁的杰里米·米尼埃家住美国艾奥瓦州的阿雷戴尔镇，在汉普顿·杜蒙中学读书，他的父母都是极为普通的镇上小商人。

杰里米是一位特别有正义感而且特别热心的青少年，在这个只有 73 个常住人口的小镇，他可谓名望颇高。14 岁时，他发现镇政府的公费开支公示单上有 150 美元去向不明，就跑到镇中心的公园里发表演讲，指责镇长"借服务之名为自己谋取私利"，否则不可能会在公费支出公示单上"有所遮掩"，他还在演讲中警告镇长"越隐瞒就越说明有问题"，结果导致镇长被艾奥瓦州法院请去"喝咖啡"，并查明他曾在一次绿化工程中，把 150 美元用来请几个工人吃饭。这种额外的消费被州政府认定有拉票之嫌，更何况还用公费请客，更是"令美国法律蒙羞"，"令全镇人民

愤怒"。

最终，镇长被州法院"贬为庶民"，接着，一位名叫弗吉尔·霍默的70岁老人被人们选为镇长，然而这位镇长虽然在百姓们心目中威严有加，而且"廉洁勤政"，但却不精通美国法律和精神，经常好心办坏事。

镇上有一户人家经营着一个大型农场，种植着成片的大豆和玉米，农场主还办有一家食品公司，镇上的许多人都在那里上班。2009年的一次，镇上要修建水利设施，弗吉尔镇长考虑到那家农场是镇上的经济支柱，就打算尽量满足那家大型农场的灌溉问题，这项决定并没有让其他人觉得有什么不妥，但是杰里米在看了图纸后，却跑到弗吉尔老镇长的面前提出了抗议："镇上的大部分居民都有自己的农场，你这样做只能是让富者更富，贫者更贫，让少部分人先富起来从而带动其他人跟着富裕，这个思路的本身并没有错，但错的是不该以其他人变得更贫穷为代价，所以水利设施一定要公平地惠及镇上所有人！"

杰里米的话让人们如梦方醒，他们也跟着纷纷对镇长提出了抗议，镇长只能在羞愧中把水利设施修建得让所有人都能从中得益。不久后的一天，人们发现老镇长经常会把他那刚刚大学毕业的孙女艾丽斯带到办公室，而原因竟是让孙女来学习"担任镇长的经验"，以便她能在下届竞选中脱颖而出，担任镇长。

杰里米听了人们的反馈后，愤怒地对镇长说："镇长，你这是在以镇长身份为自己的亲戚谋取政治利益，你破坏了美国的公平竞争机制，剥夺了其他人的竞争机会，这绝对是美国法律精神所不允许的！"

镇长被杰里米说得无言以对，再也不敢把孙女带到办公室来了。正因如此，杰里米在小镇上的威望更高了，就这样，杰里米一边读书一边为民众服务，度过了一天又一天。转眼来到2011年10月，新一轮的镇长竞选开始了，人们在对杰里米的信赖与拥护中，把他推上了竞选的演讲台，在镇长竞选演讲中，杰里米告诉大家他将会尽一切能力把公平与正义在小镇上延续下去，尽一切能力为小镇争取美好的未来。

最终，只有73个人口的小镇，杰里米以62票（占总票数的85%）的高票当选为新一届的镇长。任期四年，而他竞争对手也就是老镇长弗吉尔却只得到了寥寥8票。更值得一说的是，弗吉尔的孙女艾丽斯居然也把手中的票投给了杰里米，因为她觉得杰里米或许更能服务好镇上的每一个人！

一个18岁的中学生，居然能在如此高的支持率下担任镇长，这在我们看来简直是一件无法理解的事情。然而更让人无法理解的是，居然没人对此提出怀疑与责问，没人把杰里米搬上网络要求他公布背景与靠山，再回过头来看看你我的身边，这究竟是说明他们太愚钝，还是说明我们太敏感？那么又是什么造成了我们的敏感？或许，这才是我们真正应该思考的地方。

960 次失败

▶ 文／陈亦权

> 只要功夫深，铁杵磨成针。
>
> ——佚名

今年已经 70 岁的车四顺是韩国釜山的一位老妇人，她的名字虽然叫车四顺，但是她的考取汽车驾驶证之路却并不顺畅。

车四顺出生在一个农民家庭，童年是在辛苦劳动中度过的，只在不正规的夜校读过两年书。成家后的多年里，车四顺一直是一位安分的家庭主妇，成天只为家庭琐事而忙碌，甚至连汽车也不会驾驶。十年前，她的孩子们都长大了，而且各自都有了不错的工作，车四顺的生活才渐渐地开始回归自我。

2005 年的一次，车四顺要去首尔看望一位旧亲戚。因为她不会开车，只能让大儿子送她去，可是大儿子又偏偏没有时间，于是只能搭乘长途汽车，路上，车四顺非常遗憾自己不会开车，心里不禁升起了一种学驾驶的念头。她的两个孩子都反对，一来是当时的车四顺都已经60出头了，而且也没有什么文化，别说驾驶，就是笔试这一关也无法通过！

可是车四顺并没有改变主意，她觉得世界上没有真正困难的事，只有被困难吓倒的人！她很快开始为考驾照而努力，首先是学文化，她去借来一些小学生们用过的旧课本，学生字、查字典，碰到不懂的地方，还时常向邻居求助，早上起来就是先读写，晚上睡觉前又是默念生字和课文。就这样坚持了两年半的自学，她认识了好多生字，然而，文字这个东西并不只是认识知道怎么读，还要知道是什么意思才行。所以，第一次去报名笔试，她才考了两分，准确的说是在一道选择题中碰对了两分！

第一次考试失败后，驾校给了车四顺一份驾驶笔试的复习资料。从此，复习成了她每天的生活主旋律，原本最喜爱的电视节目也不看了，一日三餐也都选择最方便快捷的食物，甚至到了深夜，她还经常戴着一副老花镜认真翻看着已经破烂不堪的复习资料。

对车四顺这样底子差的人来说，有任何一点进步都会非常兴奋，所以她几乎是每周五天、每天一次去参加驾照考试笔试。只是车四顺虽然能够识读一些单字，不过完全不明白一些驾驶术语的意思，有时候虽然正确答对几道题，但完全是乱蒙乱撞上的。她尽可能地多记住一些问题和答案，可有时候真正考的是什么她却不明白，同一个问题，只因为句式略有点变化，她就回答不出来了。

虽然如此，车四顺却没有气馁，她在心里告诉自己说世界上的任何事，不努力就绝对不可能成功，所以她在自己家的墙上歪歪扭扭地写下了"永不放弃"四个字，用来自勉。

时间辗转三年半过去了，车四顺在每个工作日都去考试，已经考了949次，她虽然从未考及格过，但成绩却也是一直在稳步上升。终于，

2011年4月的一天，她在第950次的笔试中，以62分（超过及格分2分）的成绩通过笔试，在之后两个月中，她又用了10次才通过了驾驶的技考和路考。

从学习生字开始算起，车四顺总共花了6年时间，历经960次的失败，终于如愿拿到了驾照，在韩国每参加一次考试就要交5美元的费用，所以为了考这本驾照，车四顺总共花掉了4800美元。

特别值得一提的是，车四顺的考驾照经历引起了韩国一家知名汽车公司的注意，他们在向车四顺表示祝贺的同时，还赠送给车四顺一辆蛮高档的汽车，并且出高酬聘请她做汽车广告，而那句广告语，既可以理解成是车四顺自己的心路感悟，又可以理解成是一种企业或者产品的精神："千百次的考验，是持之以恒把我们引向了胜利！"

迈开脚步就有路

▶ 文 / 尔东

> 意志的出现不是对愿望的否定，而是把愿望合并和提升到一个更高的意识水平上。
>
> ——罗洛·梅

1995 年，20 岁的周鹏来到武汉的一家酱鸭店里打杂。他每天半夜就起床卤鸭子，天亮后又开始帮忙摆摊销售。因为肯学肯做，没多久他就学到了一手卤鸭子的好技术了。

有了技术，周鹏也想着开店。可是这一带都是老板的熟客，过河拆桥和老板抢生意可不好，换到别的地方去又不熟悉环境。怎么办？周鹏心想在脑子里想一万个办法，还不如先放开手去尝试。他在菜市场旁边租下房子，用学到的卤鸭技术办起了一个小小的卤鸭作坊，还叫上了自己的二姐来帮忙。只不过在销售环节，他采用了和原来的老板不同的方式——往酒店送货。

　　传统的卤味店都是把成品放在摊位或者门店里，等着顾客来买，周鹏的二姐很担心这样贸然地送上门去不会有人接受。但是周鹏却坚信只要味道好，一定行得通。事情果然如周鹏所预料，他每天都能卖掉一两百只，有许多酒店还和他签订了长期供货合同，他的生意甚至比原来的老板还要好！

　　几个月后，周鹏发现自己的卤鸭销量不升反而降了，他在听取了酒店的反馈意见后，得知自己的卤鸭虽然味道不错，但也并没有达到出类拔萃的地步，与市场上任何一家店的卤鸭都无二致。周鹏很快意识到，没有创新就没有市场，于是他开始频繁地出入于一些香料市场，向香料店老板请教香薰料的味道和功效，甚至还找来一些有关于香料介绍的书籍逐字研究。有时候读书到深夜，他还要进行一次试验。周鹏的二姐心疼地对他说："卤鸭还能有什么创新，要有也是别人早创好了，哪儿还能轮得到你？"

　　周鹏却不以为然，他相信只要坚持下去，一定能够摸索出一条属于自己的路！就这样，在浪费了大约 200 只鸭子以后，周鹏终于发现了土鸭生长周期长，耐煮、入味、肉紧的特点，自创出了一套卤制方法。他的卤鸭在久煮之后出锅时是晶莹的巧克力色，在空气中氧化后便成黑色，鸭肉辣中带甜，甜中带鲜，独具特色，让人入嘴难忘。

　　经此一创新，周鹏的卤鸭顿时成了市场上"绝无仅有"的独家货，生意好得不得了！可是到了 2000 年，生鸭价格猛涨，一只正常成长周期的生鸭要 18 元，所以许多同行都选择了养殖时间超短的仔鸭，那种仔鸭每只只需要 6 元钱，所以周鹏的伙计们都建议他也买仔鸭。但周鹏却从不答应。有一次，周鹏的二姐瞒着他采购回来 200 只仔鸭，周鹏发现后沉下脸说："这样做就是以次充好，是做假货。我们无论如何都不能对不起我们的顾客，也不能对不起自己的良心，更不能对不起自己的招牌！"随后，周鹏把那批仔鸭以原价一半的价格全部退还给了那位鸭贩子。他的伙计们没有一个不在暗地里骂他傻！

就因为周鹏坚持原则，他的卤鸭得到了更多顾客的信赖，名声更是一天比一天好。之后几年，周鹏组建了新的核心团队，生产流程也进一步细化，腌制、烤制、卤制等流程全都标准化操作。现在，他的店面和生产基地已经有300多家，不仅遍布全国各省市，而且还在港澳台、美、英、新、韩等多个地区和国家注册了商标，年销售额达数亿元。

没错，它就是眼下如日中天的食品行业连锁品牌——周黑鸭！每次谈到自己的成功，身为周黑鸭创始人兼总经理的周鹏都会深有感触地说："一个站在草地上的人如果只想着找一条现成的路，那他可能永远也走不出那片草地。而勇敢地迈开脚步，可能就会发现原来脚下就有一条属于自己的路。我能成功，其实就是因为我从一开始就能勇敢地迈出步子！"

销毁 80 万块劳力士

▶ 文 / 陈之杂

> 有非常之人，然后有非常之事。有非常之事，然后有非常之功。
>
> ——司马相如

劳力士是瑞士最为著名的手表制造商，它一直以制造机械表见长。

当时间进入到 1970 年的时候，日本人发明了石英表，石英表的原理就是将石英制成音叉，从而产生类似于音叉循环规律的振动力，它每秒可以振动 32768 次，当振动完 32768 次的时候，电路会传出讯息，让秒针往前走一秒。石英的振动相当有规律，即使是便宜的石英表，一天之内的误差率也不会超过 1 秒，最为重要的是，即便是如此精准，但因为制作成本低廉，所以石英表的售价依旧非常低廉，也正因此，日本石英表在市场上十分畅销。

日本石英表让劳力士遭受到了前所未有的挑战，于是劳力士也开始效仿生产石英表，然而，以制造机械表见长的劳力士生产石英表并没有足够的经验，时间的精确程度还及不上日本的石英表。在 1971 年这一整年里，劳力士生产的 80 多万块手表居然严重积货，一块也卖不出去，按当时每块表 1 美元的市场价，等于是 80 多万美元打了水漂。

大量积货竟然会发生在劳力士身上？其实不难理解！造成这个局面有两个主要原因，一是劳力士素来以精品著称，结果它一生产这样廉价的石英表，居然都没人相信这是真正的劳力士品牌；二是因为他的精确度并不比日本的石英表来得好，两者相权，人们更乐意选购的自然是日本表。

当时的劳力士总经理安德烈·海尼格因此而进退两难，如果以更低的价格销售，即便卖出去了恐怕也只能使自己的品牌受挫，而如果一直让这些表留在仓库里，又如何产生效益？安德烈·海尼格考虑再三后，决定这样处理那 80 多万块石英表：按生产月份留下 12 块石英表，其余的全部销毁，然后再对那 12 块表以"劳力士限量收藏版石英表"的名义进行拍卖。

这样一来，这 12 块表已经不是一个时间工具了，而是一种仅供收藏和投资保值的精品至尊，是一种矜贵的象征。最后，在 1972 年 6 月举办的拍卖会上，这 12 块绝无仅有的限量版石英表在劳力士原有的品牌效应下，竟然被拍出了 130 万美元的高价，比卖出 80 万块表的总和还要高数十万美元！

很多人都曾为安德烈做出这样的决定捏了把冷汗，要知道，销毁 80 多万块石英表的风险实在是太大了。但其实，人生的成败只在于观念的转变。当用正常思维模式行不通的时候，不妨转变思路，打破常规。懂得转变思路的人，才会在困难面前掌握主动权，灵活运用手中的一切有利条件，找到新的出路。

"零"的巨大潜力

▶ 文 / 陈之杂

> 思想→观念→行动→习惯→个性→命运。
>
> ——佚名

1985年，俞敏洪从北大毕业留校任教。他一直梦想着把教育和创业结合在一起，创出一番事业！

1991年，俞敏洪经过几年的摸索后，辞职创办了北京新东方学校。学校的规模很小，校长、老师以及清洁工、食堂厨师均是他一个人。

学校成立后，俞敏洪开始面向社会招生，可当时私人创办的学校根本得不到人们的认可，好不容易有人来报名，看了看后又没人愿意留下来。俞敏洪就想了个办法，上午招生，下午去给别人讲课，夜晚贴广告，但无论他如何努力，十几天下来愣是一个学生也没招到。

有朋友打趣地对他说："你这个学校招了几天生，一个学生也没招到，该不会刚成立就要倒闭吧？"

俞敏洪听了既不沮丧也不羞愧，他笑笑回答："你们一定是忽略了零的巨大潜力，正因为我现在一个学生也招不到，所以只要我努力，一定可以招到不计其数的学生！"

很多人都以为俞敏洪的这些话是在给自己找台阶下，其实他这是一种自勉！坚持到第二个月，终于来了三个学生，然而只有一个留了下来。

俞敏洪心想，反正没人来，对一个人收费讲课，还不如干脆免费，能招多少算多少，于是他把这个学生的学费也给退了。然后租了一间50人的教室，对外打出了免费授课的广告。结果，一下子来了500多人，俞敏洪只能跑到操场上去讲课。一节课下来，大家都很满意，当天就有80多个学生报名。

等学校稳定下来，俞敏洪又开发出了更多更实用的课程，他深入浅出、通俗易懂的演讲深受学生们的喜爱，各种教学人才也纷纷加盟进来。在之后的多年里，俞敏洪在大学英语及考研培训、出国考试培训等多个项目都取得了骄人的成绩。

俞敏洪和他的新东方教育终于渐渐地被人们认可，他以不可抵挡的态势，在北京、上海、广州等数十个城市开设了分校，将新东方的精神与教育理念在全国范围内传播。

现在，俞敏洪已经在全国设立了48所短期语言培训学校，6家产业机构，3所基础教育学校，1所高考复读学校等，累计培训学员1800万人次。随着梦想的一步步实现，俞敏洪本人也被媒体评为"最具升值潜力的十大企业新星之一""20世纪影响中国的25位企业家之一"。

梦想人人有，但却并非人人都能将其变成现实，在追求梦想的起步之路，有些人一看到困难就退缩了，而有些人则能够坚守梦想，时刻保持一种乐观的心态，俞敏洪就是最好的榜样。

把最差变为最好

▶ 文 / 陈之杂

> 只有毅力才会使我们成功，而毅力的来源又在于毫不动摇，坚决采取为达到成功所需要的手段。
>
> ——车尔尼雪夫斯基

15 年前，太行山上有个村盛产柿子，但品种不好，皮厚肉少核又大。于是，村民们纷纷为自己的果园更换了新品种。只有一位穷困的小伙子家里穷得拿不出更换新品种的钱，他只能采摘着全村最差的柿子。每到卖柿子的季节，尽管他卖价最低，还是没人愿意买他的柿子。为了生活，他只好放弃了这片果园，到城里的一家餐馆去打工。

那是一家以经营麻辣菜为主的餐馆，生意很火爆。每天傍晚老板都会去菜市场买回许多商贩们卖剩下的最差的辣椒和花椒，用自己的独家手艺来熬制成麻辣酱。小伙子不解地问："老板，麻辣酱不是市场上有得卖吗？您为什么还要自己亲自去做呢？再说您为什么老是买那些最差的辣椒和花椒呢？"

老板笑笑说："这些看上去最难看的辣椒、花椒，味道却和好的一样，把这些最差的辣椒用最便宜的价格买回来，做成最美味的麻辣酱，用这些酱就能烹调出独一无二的美味菜肴，顾客被吸引了，我的财富也就来了。你说这些辣椒和花椒算不算是一种最差的财富？"

"最差的财富？"小伙子一听，心中顿时有了一种领悟，他暗暗揣摩着能不能把自家所产的那些算得上是最差的柿子做成柿子酱。时间一天天过去，他的想法也越来越成熟。

转眼到了当年的柿子采摘季节，他毅然回到了果园。按心里所设想的，小伙子拿了几个柿子洗净后去皮去籽，用小石磨将柿子磨碎，再加进一点天然香料后一闻，果然奇香无比。尝一尝味道也是异常浓郁，口感甜而不腻。他当即把他的酱带给他的老板，他的老板试着烧了几道菜，竟然竖起了大拇指连连夸味道好。

初步的成功让小伙子欣喜不已，在老板的帮助下，他买了一台中档的水果碾碎机，回家办起了一个小作坊。当第一批柿子酱生产出来以后，他带了一箱样品去了省城，几天下来，他跑了 50 余家超市和酒店，几乎所有的商家都对他的柿子酱产生了浓厚的兴趣，纷纷下了订单。最让他意想不到的是，几个调味品批发商对他也许下了诺言："只要包装再精美一点，这柿子酱有多少要多少，而且可做长期合作代销业务。"一个月以后，在有关部门的帮助下，他的柿子酱走进省城、北京、上海等一些城市。

时至今日，当初的那位小伙子已经是一位生产各类柿子酱的大企业老总，而他的产品也遍布了全国各大城市。他在回忆自己的创业之路时不无感慨地说："如果说当初我家的柿子是最差的，其实还不如说那是我一段最差的人生经历。别轻易把'最差'的东西否定掉，因为那里往往潜藏着巨大的机遇和财富！"

一切从信任开始

▶ 文 / 尔东

人之所助者，信也。

——《易经》

　　上世纪 20 年代末，随着第一次世界大战的结束，美国商界重新恢复了繁荣。在曼哈顿市，一位原本经营杂货店的老板，也兴致勃勃地把自己的杂货店扩张成了商场，还请了好几位员工，其中就有一个刚刚从芝加哥大学毕业的小伙子。

　　那时候的商场格局非常单一，四周有三面都是封闭式的墙，哪怕是三面沿街，也只是在其中的一堵墙上开着门。那样的设计也有一定的道理，万一发生抢劫财物的事情，歹徒就不会那么容易逃走了。

　　这家商场开张后，生意非常平淡，有许多附近的人甚至都不知道它。小伙子不禁开始动起了脑筋，怎么样才能改变现状呢？有一天，一位顾客打来电话让他送货到"卡特街 38 号"，等他来到的时候，才发现那里的房子是东一间西一间错落无序的，小伙子正愁着怎么才能找到 38 号呢，没想到随意问了两个人就找到了那里，"卡特街 38 号"对他们来说似乎特别熟悉，等小伙子来到那幢房子跟前时，才发现原来房子的四面墙上都钉着门牌号。主人告诉他说，因为他经常叫外卖，为了便于人们找到，他除了在大门外钉了门牌号，在其他的几面墙上也都钉了门牌号，这样，人们就能从不同的方向都能看见这幢房子的号码，所以留给别人的印象也特别深！

小伙子忍不住说，你这么做，难道不怕有什么坏人用你的门牌号打歪主意吗？房子的主人笑笑说："不怕，因为我信任身边的每一个人！"

小伙子突然想起自己所在的商场，他心想如果把沿街的墙全部都打通，换上透明的玻璃墙，让人们在外面就可以看清商场里的情形。那样会不会能增强商场在人们心目的印象？小伙子立刻跑回去对老板说出了自己的想法，可是老板却把他的话给完全否定掉了："不行，那样别人不就可以轻易砸破玻璃进来抢东西了？"

小伙子忽然心生一计，他抱起满满一怀的货物，走到大街上，让老板跟在他的后面，老板不明就里地跟着他兜了一大圈后回到了店里，小伙子说："如果把砖石墙换成玻璃墙会被抢劫，那么我刚才捧着货物上街不就早被人抢光了？"

"这……"老板不禁有些语塞。

小伙子接着说："其实每个人都是善良的，你要信任每一个人，信任每一个潜在的顾客，现在，我们不妨就从信任开始，创造一次透明墙的改革吧！"

老板终于动了心，就请工程队在保证房子的承重安全的前提下，打通所有的沿街墙壁，安装了明亮净爽的落地玻璃窗。营业以后，人们纷纷

往这家透明商场投来新奇的目光，因为两面临街，透明墙对每个路过的人都起到了很好的广告作用，到了他们要买东西的时候，自然就都来到这里了，人气顿时上涨。短短半年时间，它就成为了曼哈顿销量最高的商场。

"透明墙"的成功改革让这家商场一跃成名，直到成为日后大名鼎鼎的斯威特贝大超市。而当初的那位小伙子，就是后来获得第十届诺贝尔经济学奖的决策管理大师赫伯特·西蒙，他有一句广为人知的话是这样说的："人类所有的经济活动其实都有一个共同的根，那就是人类的真善美，它能使一切死板的经济活动拥有动人的生命！"

现在，几乎全世界的任何一家卖场超市都拥有这种透明墙，然而，当你站在街边看着橱窗里的商品时，你有没有意识到，那里面除了展示着琳琅满目的商品以外，还展示着一份人与人之间的信任之美？

做一个划桨的船长

▶ 文 / 尔东

> 责任心就是做任何事所需的一种平常而力求完美的心态。
>
> ——龚靖赟

1948 年，一个小伙子来到华盛顿州一家电子测试工具公司上班。这家公司刚创办不久，经营举步维艰。

老板高薪聘请了两位副总经理和三个市场顾问，天天带着他们，在办公室对着一堆报纸和杂志，分析各地的新闻和市场调查数据。即便这样，公司惨淡的经营状况依旧没有得到丝毫改善。老板很困惑——公司生产的是时下最尖端的科技产品，请来的都是一流人才，可为什么经营始终没有起色？

有一天，老板正在为公司的发展而沮丧，那个新来的小伙子敲门走进了办公室说："早上来上班时我途经康特莱河，那里正在举办一场划船比赛，每一艘参赛船都有八位桨手和一位舵长、一位指挥员，桨手划桨，舵

长控制方向，指挥官则负责观察局势，并作出相应的决策！"

"分工明确，应该这样！"老板点点头说。

"可让人奇怪的是，其中有一艘船的舵长和指挥官手里，竟然也各自拿着一把桨。"小伙子补充道。

"难道他们也准备划桨？他们应该把一切精力都用在指挥航向上，划桨是桨手们的事情，他们一定会输。"老板说。

"但结果并非这样，比赛开始后，当别的舵长和指挥员都忙于思考如何突围时，那艘船的舵长和指挥员却把眼睛盯住前方，和桨手们一起奋力地划桨。只有在发生特殊情况时，指挥员才会发出一些指示，舵长才会去控制一下航向，然后接着全力划桨！"小伙子说，"结果那艘船把其他船远远抛在了身后，一股脑冲向了终点，他们获胜了！"

"你是想通过这件事来向我说明什么吗？"老板似乎察觉出小伙子别有用意。

"是的，我想说最好的指挥和策略，从来不会来自于高高在上的观望和研究，而是来自于亲身的参与和体验！"

老板回味着小伙的话，突然从中受到了启示：自己的公司，又何尝不是一艘参赛船呢？包括自己在内的那么多领导和顾问，又何尝不像舵长和指挥员呢？但是他们这么多人，谁又曾和公司最底层的员工们一起划过桨呢？想到这里，老板当即作出一个决定：包括自己在内的所有管理者，每天必须要花一些时间在生产、销售、服务等各个基础环节，去发现问题和不足。

这个规定的实施取得了明显成效：生产过程中的材料浪费过于严重，员工之间的协作不够密切，销售人员对客户的态度不够热情，产品的款式不够丰富，售后服务和技术指导不够积极和及时……一个接一个的问题被不断发现。公司随之作出了相应的调整，在这种不断发现问题、不断完善细节的划桨式管理中，最后公司取得了巨大的发展。

如今，当初这家濒临破产的公司，已在美国、英国、荷兰和中国等20余个国家建有工厂，授权分销商更是遍布全世界100多个国家！没错，它就是当今世界上最专业的电子测试工具制造商——美国福禄克公司。

当初的那个小伙子，就是后来曾任福禄克公司 CEO 达 26 年之久，被誉为美国 20 世纪最有影响力的实战型管理专家之一的凯文·霍根，他在自己所著的《战略品牌管理》一书中这样阐述"划桨理论"："所有高明的决策都来自于亲身参与，事实上，参与的本身就是一种最好的决策，因为，要想测量两座山之间的距离，最好的办法就是亲自走一走！"

切尔西的简历补充

▶ 文／木又

> 谦逊可以使一个战士更美丽。
>
> ——奥斯特洛夫斯基

　　切尔西·维多利亚·克林顿是美国前总统克林顿和现任国务卿希拉里的独生女儿，她在 1980 年出生，拥有美国哥伦比亚大学、加州斯坦福大学、英国牛津大学的多个学位。

　　此前，切尔西一直在学习阶段，唯一经历过的工作就是社工。在 2010 年 8 月结婚后，切尔西一直从事面向穷人的法律援助工作，服务社会，锻炼自己。如今，她想拥有一份正式的工作，克林顿和希拉里知道后都纷纷为她操心，打算替自己的女儿"安排"一个既轻松又有前途的工作，凭他们夫妻俩在美国的地位和人脉，这并不是一件难事，但是切尔西对这一切却颇为反感，她对父母说："你们所有的成就和名望，都是你们自己的努力结果，我承认那一切都是我现在不可比拟的，但我有我自己的选择，我有自己努力的方向！"

　　切尔西心里虽然想着要自己走自己的路，但是她的父母在美国的影响力实在是太大了，所以无论她把简历投到了哪里，几乎都受到了特殊的礼遇。有的公司承诺免试直接请切尔西担任高层，有的甚至表示只要她能来公司，就可以享受"无需工作的高层名衔与薪酬"，但是对于这些"礼遇"，切尔西觉得自己简直是遭受到了一种无可容忍的羞辱。

　　切尔西决定要有的放矢地好好找一份工作，她想起在2008年母亲希拉里参加美国总统竞选期间，曾经被许多无私奉献者的故事所感动，她也希望讲述那些故事，更何况她的外祖母也曾对她说过一句话，那就是"生活并不在于你身上发生了什么事，而在于你如何处理那些发生在自己身上的事"，切尔西决定要担任一名记者，可以进一步宣扬正气，帮助弱势群体。

　　上个月，美国广播公司正在向全国招聘全职记者。这些岗位将被安排进夜间新闻《让世界不同》系列节目中，这档节目聚焦那些为帮助他人和社会作出重大贡献的组织或个人，切尔西觉得这份工作正是自己想要的。于是给美国广播公司投递了简历，为了拥有这份工作，为了避开父母的影子，切尔西在自己的简历后面补充了这样一句说明："我知道你们一看到我的名字就会想到我的父母，我请求你们忘掉我是克林顿和希拉里的女儿，我只是我自己——勤于学习与工作的切尔西·维多利亚·克林顿！"

　　最终，切尔西的"补充说明"打动了美国广播公司的招聘负责人，顺利成为了《让世界不同》这档系列节目的基层记者。接下来，切尔西就开始为自己的工作而奔波忙碌，她还计划除留用一些必要的生活开支后，将把大部分的工作薪水都捐给克林顿基金会和乔治·华盛顿大学医院，使自己的薪酬与自己这份工作的性质更为吻合。

　　看看我们身边不断重复上演的各种"萝卜坑式"特权招聘事件，再看切尔西在简历上的"补充说明"，我们只能说，那确实是一种境界！

犯人路易斯的选择

▶ 文/木又

> 没有诚实何来尊严。
>
> ——西塞罗

　　现年 37 岁的路易斯·洛佩斯是美国佛罗里达州监狱的一位犯人。他因为在驾照被吊销期间无证驾驶、醉酒驾驶以及肇事逃逸等多项违法行为被判入狱一年。

　　入狱后的路易斯悔恨当初，决心要在这一年的时间里好好服刑，重塑自我。2011 年 11 月 4 日，监狱突然通知服刑刚满三个月的路易斯可以回家了，因为他服刑期间表现良好，监狱根据美国的减刑制度，特批准他提早出狱。路易斯简直不敢相信这是真的，但狱警送来的通知书上白纸黑字清清楚楚地写着这一切，狱警还站在他的身边催促他快点换掉囚服，随他走出监狱大门。

　　回到家后，路易斯越想越不对劲，他觉得自己在狱中虽然表现不错，但也不至于能够获减四分之三的刑期，路易斯隐隐觉得这里面可能有某个环节弄错了。第二天一早，路易斯打算要返回监狱去问个究竟，他的妻子生气地指责他说："你不是坐牢坐傻了吧？别人进监狱都巴不得能早点出来，你出来了竟然还怀疑是不是有人搞错了，难道你还要返回监狱继续服刑？"

路易斯平静地回答妻子："如果真的弄错了，我必须要返回监狱继续服刑！"说完，他坐上了通往监狱的公交车，来到监狱后，狱警对这个"没事找事的家伙"感到非常讨厌，他们严厉地警告路易斯说："请你不要怀疑我们的职业操守，我们是最为严谨和公正的美国监狱警察，别说你和我们非亲非故，哪怕你是我们亲兄弟，我们也绝对不会提早放你出去的，哪怕是半天也不行！"

在监狱里碰了一鼻子的灰，路易斯心里的石头却并没有落地，紧接着他又来到佛罗里达州法院，他向法官们述说了发生在自己身上的事情。可是法官对此兴趣也不大，或许对于法官来说，他们的职责是让每一个犯了罪的人都得到应有的惩罚，而不是把一个刚刚刑满释放的人平白无故地再送回监狱里去！法官们安慰路易斯说："相信监狱这样做一定有他们的理由，你就安心回家吧！"

路易斯愤怒地指责他们回答得太缺乏依据，然后沮丧地回家了。第三天，路易斯辗转来到佛罗里达州立法局，他相信立法局应该能给他一个满意的答复。果然，立法局听了他的描述后，也觉得事有蹊跷，于是派人和路易斯一起来到了监狱，没想到核实的结果居然是监狱的电脑系统出错了，结果导致路易斯的刑期无端缩短了9个月！

路易斯的妻子和当地电视台的记者闻讯赶到监狱，面对伤心的妻子，路易斯坦然地说："这件事情本不应该发生，现在我只想做我应该做的事

情，接受我应得的惩罚，这样我才能安心开始我的新生活，仅此而已，我只是做了一个非常简单的选择！"随后，路易斯跟着狱警走进了监狱，继续面对剩下来的刑期。

让人欣慰的是，监狱根据路易斯这两天的表现，认为由于自己的失误而使路易斯在监狱外度过了两天"非人的痛苦生活"，决定将这两天以双倍折抵刑期，也就是说，路易斯将来会提早 4 天出狱。为此，她的妻子在监狱大门关上之前大声地叮嘱路易斯说："你要牢记这一点，到时候不要再为这两天而东奔西走了！"

当天晚上，佛罗里达州的本地新闻台以"犯人路易斯的选择"为题材对此做了详细报道，主播员还在节目中评论说："很多人嘴巴上常说做人要讲诚信，可到了关键的时候却往往会忘记什么是诚信，其实诚信并不复杂，有时候，诚信只是一个很简单的选择——就像路易斯！"

爸爸的小秘密

▶ 文 / 木又

> 　　信用是一种现代社会无法或缺的个人无形资产。诚信的约束不仅来自外界，更来自我们的自律心态和自身的道德力量。
>
> ——何智勇

　　杰克是一位勤奋又听话的孩子，学习成绩也特别好。这个学期，杰克多了一位名叫安迪的新同学，他是从佛罗里达州转过来的，他的父母在一场车祸中双双失去了生命，只能来到这里跟着外公一起生活。

　　安迪原来是一位非常热情的孩子，学习成绩同样也很好，可现在他不仅成绩直线下降了，而且也不和别的同学一起玩，尽管如此，杰克还是主动对安迪伸出了友情的双手，经常找他一起玩游戏，还帮他辅导功课。

　　时间一天天过去，安迪与杰克建立起了深厚的友谊，成绩渐渐提高了，放暑假前，杰克对安迪说："在这个暑假里，我会继续帮你辅导功课，

等下个学期开学后，你就能完全地赶上我们了！"

安迪感激地点点头。

就在放暑假的前三天，杰克的爸爸下班一回到家，就兴奋地对杰克说："告诉你一个好消息，公司里出钱奖励我去夏威夷度假，并且允许我带上你和妈妈一同前往！"

"夏威夷？"杰克开心得不得了，因为夏威夷是一座特别美丽的城市，但他很快又想起来，自己已经对安迪说过暑假里帮他辅导功课，该怎么办才好？

爸爸向杰克了解清楚事情的原委之后，深思了片刻，什么也没说就离开了。第二天傍晚，爸爸一到家就垂头丧气地坐在沙发上，沮丧地说："我的公司刚接到一笔非常大的订单，所以我们都要继续工作，公司也就暂时取消了我的这个奖励，所以呢……这次的度假计划也就泡汤了！"

杰克听到爸爸的话，虽然多少有点遗憾，但他一想到自己能继续帮安迪辅导功课，还是非常开心。暑假里，爸爸继续天天上班，而杰克就天天都去安迪家，帮助安迪复习功课，一个暑假过去后，安迪的功课果然大有进步，开学后的第一个单元测试，安迪就取得了两个大大的"A"！

老师不仅表扬了安迪，更表扬了杰克，因为安迪的进步离不开杰克的帮助，也正因此，杰克和安迪的友谊更加深厚了！

不久后的一个周末，爸爸带杰克去一位名叫史密斯的同事家里做客，吃饭间，史密斯叔叔突然对爸爸说："你真是一个大蠢蛋，居然主动放弃公司给你的奖励，带妻子和孩子去夏威夷度假该多好啊！"

爸爸连忙朝史密斯叔叔挤眼睛，示意别再说下去，杰克很快意识到，爸爸说的加班其实就是一个谎言，是爸爸自己放弃了那个奖励！"爸爸，你为什么放弃那个奖励，又为什么要说谎？"杰克生气地问。

　　"对不起，是爸爸对你撒了谎，但是爸爸也有爸爸的想法！"爸爸说，"因为你已经对安迪说过要在暑假里帮他辅导功课，一个人说过的话就一定要做到，如果你跟我去度假了，岂不是要失信于安迪！"

　　"可是你为什么不和我们直说呢？你要知道，你这样做尽管是善意的，但仍是在说谎！"杰克说。

　　"是的，我应该对你们直说。可你有没有站在安迪的立场想过？如果我说实话，安迪会觉得是因为他而让我放弃奖励，让你失去度假的机会，他会觉得愧对我们，心里会有压力，甚至可能会因此而影响到学习的效果和效率！而那一切，都是我们大家不愿意看到的，所以我才选择了说谎！"接着，爸爸无奈地说，"不过正如你所说，哪怕是善意的谎言也是谎言，所以我已经惩罚了我自己！"

　　"惩罚你自己？"杰克纳闷地问。

　　"是的！"爸爸说着，从口袋里掏出了三张动物园的门票，"我罚自己掏钱买三张门票，在这个周末带你和安迪去动物园玩。我放弃了奖励不去度假，现在却要自己掏钱去动物园玩，这应该算是一种惩罚了吧！"爸爸接着又俏皮地说，"不过，你最好别在安迪面前说出这一切，好吗？"

　　听着爸爸的话，史密斯叔叔也不断点头，眼神中充满钦佩与赞同，杰克从史密斯叔叔的表情中看出来，爸爸做的是对的，他对爸爸会心地一笑，说："爸爸，我一定会帮你保守这个小秘密的！"

打错算盘的狗

▶ 文／牟丕志

> 恶毒的诅咒，好比照在镜子里的阳光，好比多装了火药的大炮，有一股倒坐的劲头，会回击到你自己身上的。
>
> ——莎士比亚

　　黑狗与灰狼原本是一个家族的兄弟。有一次，黑狗被猎人捉住了。猎人对黑狗进行了威逼利诱，黑狗屈服了。从此，黑狗便全心全意地为主人做事，而灰狼仍然过着自由自在的生活，从此它们分道扬镳。

　　黑狗有了主人之后，它的生活发生了很大的变化。由于主人很有权势，黑狗有主人当后盾，它的地位日益提高。随着时间的推移，主人对它更加信任，它成了主人的有力帮手，它手中掌握了大大小小的权力。以前许多不把黑狗放在眼里的动物都纷纷上门找黑狗来办事，黑狗感到很自豪。它想，有人依靠，这是一件多么了不起的事情呀，是人改变了自己的命运呀。

　　黑狗心里十分感谢它的主人。它不断地提示自己，一定要好好地表现，把主人交给的事情办好，让主人更加器重自己，从而稳住自己在主人心中的地位。

　　有一次，它跟随主人一同去打猎。灰狼被主人打伤了，它拼命地逃跑。

　　黑狗认出了灰狼，它拼命地追了上去，它距离灰狼越来越近。

　　灰狼发现追上来的是黑狗，心里暗喜。心想，也许自己能够说服黑狗放弃追杀。

　　灰狼于是对黑狗说："看在以前我们是兄弟的份上，你就放了我吧。况且，对于你来说，放了我只是失去了一只猎物。而对于我来讲，得到的是整个生命呀。"

　　黑狗说："我想的与你恰恰相反。你的命我管不了，我实话对你说了吧，假如你不是我的兄弟，我真的可以放掉你。一只普通的猎物对我的意义不是很大，正因为你原来是我的兄弟，我才这样拼命地追赶你，抓住了你，就可以更充分地表现出我对主人的忠心呀。"

　　灰狼被黑狗捉住了，猎人开枪杀死了灰狼。

　　当猎人得知灰狼和黑狗原来是一对很好的兄弟时，感到很吃惊。他很同情灰狼，一只被原来兄弟出卖性命的可怜家伙，这太残酷了。

　　他接着又想：黑狗是一只歹毒而又无情无义的狗。有朝一日，如果黑狗被对手收买了，它也会像对付它的狼兄弟那样对付自己的。那实在太危险了，太可怕了，我决不重复灰狼的悲剧。

　　第二天，主人将黑狗吊在了树上。

腐败的猫

▶ 文 / 牟丕志

一次回农村老家，发现老家那只大黑猫变成了腐败的猫。这令我感慨万千，遂写成一只猫的腐败分析报告。

这只大黑猫长得肥肥胖胖，它全身的毛油黑发亮。它见到人就摆出一副傲慢、不屑的架式，走起路来迈着四方步，不时地发出一两声怪怪的叫声，整个一个"高姿态"。

这是一只经常偷东西吃的贼猫。母亲平时买一些烧鸡、猪肉、猪肝、鱼之类的食品放在食品厨里，一旦食品厨的门未关或没关紧，大黑猫就会肆无忌惮地偷吃，且防不胜防。大黑猫偷东西时，常常找一个不被人注意的阴暗角落大饱口福。有一次，母亲买了两条鱼，准备做红烧鱼，可等找鱼下锅时，却发现有一条鱼不翼而飞了。于是赶紧找大黑猫，果然，在一个角落里找到了正吃鱼的大黑猫，"猫赃俱获"，于是大黑猫挨了一顿揍，但它仍死不悔改。

有时大黑猫竟然明目张胆地在众目睽睽之下偷东西吃。前些日子，母亲买了二斤猪肝，刚放在一旁，就大黑猫叼去了一块，它没有找隐秘处去销赃，而是在房间的地中央大模大样地吃了起来，气得母亲教训了大黑猫一顿。更令人气愤的是挨打的大黑猫不仅不感到理亏，却摆出一副理直气壮的样子，呼呼乱叫，凶相毕露。

大黑猫不但偷吃东西，而且旁若无人地窜到主人的餐桌上大吃大喝。有一天，我家为客人准备了一桌酒菜，没等客人前来就餐，却发现大黑猫捷足先登，正在餐桌上大口吃菜，不但又吃又喝，而且把桌上的菜弄得乱七八糟。母亲急忙上前驱赶，大黑猫竟然赖在那不肯离去，好像是它在此大吃大喝是理所当然的事。它好像也明白：不吃白不吃，吃了也白吃，为何不吃呢？无奈，母亲只好强行抓起大黑猫扔到地上，然后用罩子把菜罩上了。

大黑猫不仅贪吃，更加腐败的是它与老鼠和平共处，化敌为友。自从我家对大黑猫实行"饭菜供给制"之后，它再也不捉老鼠了，逐渐地忘记了自己捉鼠的职责，对鼠类的胡作非为不理不睬，任老鼠兴风作浪，无法无天。令人啼笑皆非的是，这只大黑猫竟然与老鼠成了朋友，化干戈为玉帛，亲如一家。一次一只大老鼠"光顾"我家，这只大黑猫竟然主动与老鼠套近乎，不久，两者竟玩耍起来，情深意切，其乐融融，好不快活。有时，那只老鼠不来了，大黑猫就显得烦躁不安，好像缺少点什么。这导致我家在养猫的情况下，频遭鼠害。

大黑猫嘴馋，在饮食上要求的口味不断提高。以前，一般的饭菜都能吃得很香甜，可现在不一样了。过去母亲给一块肥肉它就狼吞虎咽地吃下去，可后来，肥肉不吃了，非得吃瘦肉，再以后竟然对瘦肉都很挑剔，只对鱼感兴趣。在我的印象中，猫爱吃泡过菜汤的米饭，可这次，我把泡好菜汤的米饭送到猫的眼前时，大黑猫竟然连嗅都不嗅，好像没看见一样。我很纳闷，心想，难道这只猫生病了不成。后来，母亲向我道明了原委，原来大黑猫对一般的食品已不屑一顾，只吃些"特色食品"，如猪肝、鱼肉、瘦肉等。听了母亲的话，我大吃一惊，天哪，大黑猫已经腐化至极，腐败透顶了。

大黑猫的腐败使我很痛心。我清楚地记得，大黑猫小时候顽皮、聪明、勇敢、可爱，它从不挑吃挑喝，也没有偷吃东西的坏毛病，更没有明目张胆地登上主人的餐桌上放肆的坏习惯，它在没有长大时就能捉老鼠了。它小时候不曾对鼠类做过让步，那是一个多么纯洁可爱的猫呀。可如今，它怎么会堕落到这步田地。

到底是什么原因使大黑猫变成了腐败分子呢？这个问题一直萦绕在我的脑际。

大家对大黑猫的支持、包庇和放纵使它产生了腐败。大黑猫不是天生的腐败分子。它的腐败与家里人对它的放纵有极大关系。老百姓说得好：没有见鱼不吃的猫，猫性贪吃，这是不可回避的事实，猫不受监督的时候，就很容易产生腐败。按说，无论对表现好的猫还是对表现差的猫，都不能放纵，都不能放弃监督，这对猫有好处，对主人也有好处。显然，家里人放纵了大黑猫，没有对大黑猫采取有效的监督，甚至认为大黑猫偷一点、贪一点、懒一点、奢一点没有什么。特别是父亲，他担当了大黑猫的靠山。凡是腐败，总会有权力在背后支持，这已经成为常识。当大黑猫腐败的时候，父亲暗中帮助，母亲不管，其他人都睁一只眼闭一只眼。这使大黑猫肆无忌惮，为所欲为，最后滑入了腐败的深潭，不能自拔。

惩罚措施不力是导致大黑猫腐败的重要原因。一开始，大黑猫偷东西时胆子很小，有时看见了肉，只是围着肉转转圈，看一看，有时把散落在旁边的肉屑吃了，显得很紧张，很害怕。但当它发现没有人阻止它的时候，它的胆子逐渐大了起来。从贪吃肉屑到贪吃小的肉块，再从贪吃小块肉发展到贪吃大块肉，逐渐发展到胆大包天，贪得无厌。假如在大黑猫一开始贪吃时就实行严厉的惩戒措施，给它来一顿暴打，那么大黑猫就不会由小贪发展到大贪，以致不可收拾。老百姓说：猫是有记性的，在它第一次偷吃东西时，狠揍一次，它就不敢再犯了，这话不无道理。

人们用感情代替理智使大黑猫加剧了腐败。在我的老家，父亲、母亲都很喜欢猫，当大黑猫开始腐败的时候，大家一再宽容、原谅、庇护它，使大黑猫有恃无恐，变本加厉。特别是当一些邻居指出大黑猫的种种劣迹行为的时候，家里人竟不以为然，以致忽视"民意"，从而成为大黑猫的保护伞，使大黑猫有了后台。于是它腐败的信心越来越足，胆子越来越大，最后把腐败当成了正常生活，不腐败就无法生存。

说实话，我对大黑猫的态度由原来的喜欢变为现在的憎恶甚至痛恨，这是一只多么可恶、多么可怕的猫呀。

我想一个家庭怎能容得下这样一个腐败的猫，主人也太容易被欺负了。这只腐败猫到底横行到什么时候呢，难道真的拿它没办法了吗？

有一种联合是陷阱

▶ 文/牟丕志

金银财宝不算真富，团结和睦才是幸福。

——维吾尔族谚语

　　黑熊和狼是一对仇敌。

　　它们经常打架，谁也不服谁。一次，它们打斗得正起劲，忽然落入了猎人的陷阱，黑熊和狼都停止了打斗。黑熊和狼都是善于算计的动物。黑熊想保命与消灭狼相比，还是保命要紧，眼下要研究如何与狼合作逃出去才是。狼想，只要能活着出去，别的都可以商量。

　　黑熊对狼说："也许过去我们有许多误会，但现在我们都身陷险境，应该合作才是。"

　　狼表示也有同感。它说："我们过去产生了许多冲突，是因为自己不好。请黑熊多多原谅。"它表示要真心诚意地与黑熊合作。

　　它们决定从陷阱的侧面向斜上方挖出一个洞，这样它们就可以逃出去。黑熊和狼轮流挖洞，配合得十分默契，也都十分卖力。当黑熊累了的时候，狼就让它休息一会儿，自己顶上去。当狼累了的时候，黑熊也主动把狼替换下来。此时，它们像一对亲兄弟，非常团结。它们清楚，如果这个时候耍滑藏奸，无疑是拿生命开玩笑。

侧洞顺利地向上拓展。看样子，用不了多久，就会大功告成，它们就可以逃脱了。

然而，它们都从内心里不想让对方过上好日子。在陷阱里，有猎人扔下来的狗屎。它们知道，如果这些狗屎被沾在身上，猎人就会带着它的猎狗尾随追上来，那么危险就大了。

黑熊和狼都想在逃出去之后，借猎人的手杀死对方。所以，当黑熊在前面挖洞的时候，狼便将狗屎悄悄地抹在了黑熊的屁股上。当狼挖洞时，黑熊也将狗屎抹在狼的屁股上。当它们顺利地挖完洞时，它们的身上都沾了不少的狗屎。它们都知道给对方的屁股上抹了狗屎，却不知道自己的屁股上被对方抹了狗屎。

黑熊和狼都顺利地逃了出去。但是不久，它们都被猎人和他的猎狗捕获了。黑熊和狼这才知道都被对方暗算了，它们在设法逃出陷阱的时候，却又为对方设置了另一种陷阱，它们都成了失败者。

它们不明白：心怀鬼胎的联合是多么的可怕，它们是用自己的智谋害死了自己。

放弃一项销售权

▶ 文／九木

> 成功的最佳捷径是让人们清楚地知道，你的成功符合他们的利益。
>
> ——拉布吕耶尔

20多年前，一位在纽约留学的中国大学生来到一家小旅店里打工。有一天下班前，小伙子发现老板在给员工发酒水饮料和一些包装食物。小伙子纳闷地问老板说："我们的生意本来就不好，为什么还要发放这些额外的福利呢？"

老板叹了一口气：旅店里的每个房间都和所有的宾馆客房一样，准备着酒水饮料和其他的包装类食物，而旅店因为不够专业，在这方面的成本都要远远高于食品超市，售价也自然要比超市贵很多，然而价格一贵，住客又不愿意去碰了，所以经常会有酒水饮料和袋装食物要过期变质，老板也只能在它们没有过期之前及时处理掉。也正因此，给客房里提供酒水食物，几乎对每一家宾馆旅店来说，都是一桩横竖全要赔钱的生意。

小伙子听后，觉得这里面其实只是一个"成本投入"的问题，也就是说，只要能让旅店避开这个过高的成本投入，问题就迎刃而解了。几天后，他终于想出了一个办法，建议老板把这项销售权无偿转交给隔壁的一家小超市！

"把食品销售权交给楼下的超市？"老板觉得眼前这个小伙子简直是睁着眼睛说瞎话，"如果这是一个赚钱的生意，别人当然会要，但那样的话我又不会同意，而现在它只是一个无论怎么做都是亏钱的买卖，我舍得给人，又有谁会要呢？"

老板愉快地接受了建议。从那以后，客房里的酒水食物均由超市直接提供，所以售价和在超市里是一样的。除此以外，旅店的食品柜上还留有超市的电话号码，住客只要打个电话，食物就会立刻送到。

这样，客房里的酒水食物销量大增，超市也从中得到了利益。表面上看起来，旅店没得到什么明显的好处，而事实上受益很大，因为住客是在旅店里享受到了满意，自然也把这份愉悦和感激之情留给了旅店，对于商家来说，这是一笔取之不尽的财富！一切正如那位小伙子所料，客户因为得到了在别处得不到的满意，所以这家旅店也越来越受人欢迎，经过20年的发展，最终成为了纽约一家著名的星级酒店。而当初的那位中国小伙子，就是后来连续创造5项世界级销售纪录、被誉为当今华人中最顶尖的成功学专家——陈安之。

在这个世界上，有些事情注定会让你很无奈。当你做出很大努力都改变不了它的时候，你就应该另辟蹊径，或者彻底放弃它。正所谓条条大路通罗马，有时候，有舍得才有收获，放弃或许才是一种真正改变现状的有效途径！

有一种爱是那么怯弱

▶ 文／九木

> 羊有跪乳之恩，鸦有反哺之义。
>
> ——《增广贤文》

我也不知道什么时候被冻到了，莫名其妙就得了感冒，吃了两天药没见好转，只好来到医院的呼吸内科排队看病。

一个20多岁女孩儿排在我前面几个的位置，她长得又清瘦又文静，有些弱不禁风的样子，一个老妇人坐在她的身边，握着她纤细的手，轻轻地搓揉着。

"奶奶，我怕！"女孩儿说。

"傻囡儿，让医生检查有什么可怕的？"老人慈祥地笑着说。

"奶奶，你代替我去好不好，我怕疼！"女孩儿说。

"我代替你？"老人笑了。

"奶奶你就去吧，试试看疼不疼，如果不疼我再去，好吗？"女孩儿说。

"好吧，好吧！"老人说着走进诊室，女孩儿则站在门口，忧心忡忡地看着里面。没几分钟，老人走出来对女孩说："你看到没？一点也不疼，进去吧！"

女孩儿的心石头似的终于落地了，她让老人在门口的长椅上坐着，自己则走进了就诊室，不过她就诊似乎特别快，不到两分钟她就出来了，满脸愁云，她拿着一些单子对老人说："奶奶，医生让我去拍个 CT，不知道拍 CT 疼不疼。"

老人宽慰她说："你放心吧，就是在一个大机器前面站一会儿而已，一点也不疼的。"

"奶奶，还是你先去试给我看一下吧，如果不疼我再去！"女孩儿说。

"这哪能代替？"老人被女孩儿的话弄得哭笑不得。

"你不答应我就不看医生！"女孩儿用威胁的口气说。

"好吧，好吧，我真拗不过你！"老人终于妥协了。她们手拉着手，慢慢向 CT 室走去，随后，老人走进了 CT 室……

恰在这时，值班医师叫到了我的名字，我走进就诊室，那女孩儿的身影也消失在我的视线之外，不过我可以肯定的是，几分钟后，老人会走出 CT 室，而那女孩儿看拍 CT 果然一点也不疼，这才自己走进 CT 室。

我不知道该怎样形容这个女孩儿，怕疼或许是因为天生怯弱，她把奶奶当成实验品，有苦有痛先让奶奶尝，这就不仅仅是怯弱，而是无良了。都说如今年轻人普遍缺失孝心，这女孩儿，倒还真把这种说法给演绎得入木三分、淋漓尽致了。

十几分钟后，我来到药房窗口前取药，不曾想，那女孩儿居然又排在我前面，她的奶奶，则坐在大厅外的长椅上等着。

女孩儿领到药物后并没有马上离去，而是问医生怎么样才能让药吃得不知不觉，医生告诉她说可以把药物碾成粉沫混进甜食里，吃的时候就不太能感觉出来了。

我实在无法忍受眼前的这个女孩儿，不太耐烦地插话对她说："哪有这么麻烦？用水直接吞服下去就行了！"

那女孩儿笑笑说："不是，我是要把这些药让我的奶奶吃。"

"给你的奶奶吃？"我惊诧地说，"你看医生、拍CT都要让奶奶先试试，就连吃药也要让奶奶先吃吃看苦不苦？"

"不，不，你误会了！我的奶奶这段时间经常干咳，但如果直接带她到医院去，她的心里一定会有许多想法，甚至可能会觉得害怕，于是我就假装身体不舒服，假装怕疼，让奶奶试给我看。而事实医生要检查的本来就是奶奶的身体，还好，她没什么大问题，只要吃点药就行了！"女孩儿庆幸般地微笑着说，"只是事前与医生沟通的时候花了不少力气，还好他们最终都愿意配合我！"

看着眼前这位瘦弱的姑娘，我突然为之前的想法感到不安和惭愧。因为在这一刻，我终于明白，这位女孩儿的怯弱，不是装清纯，不是扮可爱，更不是孝心的缺失，而是一种至深的爱，一种至真的孝。

第二辑

Chapter Two

唯美阅读

Weimei Yuedu

有想法就去做

▶ 文 / 九木

> 唯有行动才能改造命运。
>
> ——佚名

上世纪70年代初，年轻的美国姑娘桑德拉·库持兹格在通用电器公司做销售员。那个时候，查询库存及生产信息这方面的管理非常滞后和原始，但因为长期以来都是这样，所以也没有任何人想过要改变这一切。

两年后，桑德拉结婚后要生孩子，就辞职回到家，准备在家相夫教子。然而还没等孩子满周岁，桑德拉很快发现自己并不喜欢成天无所事事地过日子，那时候个人电脑刚刚兴起，酷爱学习新知识的桑德拉就花了2000美元在自己的卧室里安装了一台电脑。那时候的电脑远没有现在这么多的娱乐功能，只能做一些非常专业的工作，桑德拉就自学起了程序编写和软件设计，还没到一年居然就小有所成，她为自己设计了一套统计每日收支的软件。

有一天，桑德拉突发奇想，电脑在各行各业的普及率一定会越来越广，以后依靠电脑完成的工作肯定越来越多，她决定挑战自己，在自己的卧室里开办一家软件设计公司。她的丈夫得知她的想法后，竭力反对："你要工作就正正经经地找份工作，不愿意工作就在家里好好做你的家庭主妇，你想在自己卧室里成就一番事业，简直是痴心妄想，更何况这样的事情如果真能成功，也根本轮不到你！"

桑德拉却不这样认为，她觉得任何事情都有"第一人"，把自己的想法坚持下去，远比因为害怕失败而放弃更有意义！桑德拉想起了自己在通用公司上班时碰到的种种问题，决心要设计一款可以查询库存和提供生产信息的软件，如果真能设计出来，通用公司一定用得上，而且，她敏感地意识到其他厂商也会需要这种程序。

从那以后，桑德拉几乎把所有的精力都投进了设计软件的工作中。有时候简直到了废寝忘食的地步，甚至连孩子也经常陪着她一起饿肚子。功夫不负有心人，经过将近半年的努力，桑德拉终于成功设计出了一套针对通用公司的软件，当她把这款软件向当时的通用公司总裁琼森介绍时，琼森兴奋得直催她"尽快完成"！

桑德拉看到了希望，于是就聘用了几个电脑工程专业的大学生，指导他们编写标准的应用软件来解决生产商遇到的每个问题。由于桑德拉的"公司"实在太小，所以吸引不到风险投资资金，她只能依靠自身的收入来发展业务。没钱买更多的电脑，她就想了一个非常有建设性的主意，她说服了附近一家惠普分公司的主管，让她的程序员在惠普公司下班后，进去使用惠普公司的电脑直到次日8点，同时每个月付给惠普公司一定的租金。

就这样，几个月之后，桑德拉终于推出了一组名为"Manman"的生

产管理软件，但当时桑德拉没钱雇销售人员，也没钱做广告，为了打开市场，桑德拉采取了独特的策略。她瞄准大公司，向通用、惠普、休斯顿等大公司销售，而这种销售本身就具有非常好的效应，没过多久，桑德拉就建立起稳定的客户群，而且业务量不断扩大。

到了 1979 年的时候，桑德拉公司的销售额已经达到了 280 万美元，到 1981 年成功上市时，桑德拉公司的发展速度排名为全美第 11 位，现在，她的公司已经成了一个年销售额达 4.5 亿美元的软件王国！没错，它就是鼎鼎大名的美国 ASK 软件公司，而桑德拉就是刚刚不久前退休的"ASK 女国王"！

桑德拉有一句口头禅："有想法就去做，任何一个想法都有可能改变你的一生！"确实，她的软件王国不就是在一个看似不可能的想法里缔造出来的吗？看来这不仅是一句励志的话语，更是桑德拉对自己的一个总结！

友情是一只装满水的杯子

▶ 文 / 赤无头

> 没有朋友也没有敌人的人，就是凡夫俗子。
>
> ——拉法特

刘洋既是我同班同学又是我的好朋友，关系特铁，可从上个月起，我们之间却出现一丝裂缝。

那个礼拜天，我拿着爸爸的相机想去公园拍照片，在路过图书馆的时候又觉得不如先进去看一会儿书，没想到一进去就看见刘洋和另一位我并不认识的女孩子坐在一起看书，我开玩笑般地拿起相机给他们偷偷拍了一张合影。虽然刘洋向我介绍了，这位女孩子是他表妹，但在我回到家后却依旧把这张照片传到了我们班级的 QQ 群里，然后我还佯装神秘地说了一句很能让人引发想像的话："究竟是看书还是掩人耳目？"

第二天，我在 QQ 群里发的照片就在班级里炸开了锅，刘洋怒气冲冲地指责我说："你明明知道那是我的表妹，为什么还要这样做？真没有想

到你这么没素质!"

本来我也只是开个玩笑,但没有想到他还会把"素质"两个字搬出来指责我,于是我也不甘示弱地说:"你到群里去看看,我又没有说你什么,是你自己心虚吧!"

刘洋没有和我继续吵下去,只是从那以后,他就再不愿意理我了。

我和刘洋之间的变化,很快引起了班主任胡老师的注意。一天,他把我单独叫进办公室问:"听说你和你的死党刘洋闹矛盾了?"

我说是的,我承认我开那种玩笑是不好,但是既然是死党,为什么要对我开的玩笑这么耿耿于怀呢?我说我也不希望弄成今天这局面,但他现在一定恨死我了,他不会原谅我的。

"难道你愿意任由你们的友情破裂并且消失?"胡老师接着说,"有没有想过该怎么样才能使你们的友情恢复如初?"

我叹了一口气,无奈地说:"恢复已经不可能了,他真的是很讨厌我了!"

"仅凭这一点你就说不可能?"胡老师反问我。他随后取出一只玻璃杯,慢慢地倒了满满的一杯水后,问我:"你看这里面还有可能继续加水吗?"

我说不可能了,因为杯里的水都满得快溢出来了!这时,胡老师把口袋中的钢笔掏出来旋开笔套放在我面前说:"试试看!"我尝试着把钢笔里的墨水挤入了杯子中,让人惊奇的是,杯子里的水丝毫没有溢出来。胡老师接着从抽屉里取出一盒大头针,叫我一个一个往里放。

我接过大头针,小小心心地往里放进去,这时杯里的水已经明显高过杯沿了,可是一个一个放进去的大头针对杯子里的水没有任何影响。很快,一整盒大头针都放进去了。我惊讶地张大了嘴巴,胡老师又问我:"你看现在还能往里加东西吗？"

尽管我对之前的现象惊诧不已，但此时我再次肯定，不能再放进任何东西了，胡老师拿出一个粉笔头，捏成了沙粒状后再叫我慢慢地往里洒，奇迹出现了——我把那些碎粉笔往杯里撒去，水面竟然纹丝不动！

这下我完全愣住了，而胡老师则语重心长地看着我说："看见了吗？你的所有'不可能'都被你的实际行动给否定掉了！即使到现在，杯子里面依旧还能加一些细盐、灰尘之类的东西，而即便是真的加不进东西了，那就不妨先放一下，等到明天、后天，水分蒸发掉一些后，又可以再加东西了！"胡老师拍拍我的肩膀，接着说，"所以啊！要恢复同学间的友情，不要轻易说'不可能'，而应该拿出勇气去尝试、去努力，你会发现，你之前认为的'不可能'全都变成了'可以'！"

胡老师的话让我幡然醒悟，走出教室，我拿出手机来给刘洋发了一条道歉短信，但稍后我在教室门口向他打招呼，他没有理我；下课后，我写了一张道歉纸条夹在了刘洋的书本里，但他看了之后很快把纸条揉成了一团扔进了垃圾箱。

放学时，我又拿起手机来一连发了四条道歉短信给刘洋，但没有半点回复。我失落地站在走廊上，正往手机上专心打字准备发第五条短信的时候，突然有人把手搭在我的肩膀上，笑着说："你急什么？给我点时间生生气行吗？好了，我现在已经不生气了！"

我不用回头也能听出来，那是刘洋的声音！我转过身去，他微笑着说："走，打篮球去！"说完捧着篮球就往操场上跑去。

刹那间，一股暖流涌上我的胸口，我在这一刻突然觉得：友情是一只装满水的杯子，那只杯子里，没有"不可能"三个字！

危险的答案

▶ 文／壬人

> 不要虚伪地奉承民众，民众是粗俗的，不健全的，未经改造的人。他们的影响和要求中含着有害的成份。因此，对他们不应当奉承而应当教育。
>
> ——爱默生

　　狮子当上大王已经许久了。它高高在上，威风八面，说一不二。一天，狮大王当着大家的面提出了一个问题："狮子是怎样当上大王的？"看着大家面面相觑的样子，狮大王接着说："本大王心胸开阔，通情达理，决不会为难大家的。大家要有一说一，有二说二，不要有任何的顾虑。回答错了不要紧，我决不会计较的；对于回答正确的动物，我要给予重奖。"它责成狐狸记录和汇集大家的答案。

　　一开始，大家都觉得丈二和尚摸不到头脑。可是，听狮大王这么一说，都纷纷松开了紧绷的神经，大家踊跃地回答问题。只几天工夫，狐狸就收集到了大家提交上来的许多答案。

狗熊说："狮子本领高强，神通广大，所向无敌。所以大家都拥戴狮子当大王。我认为，狮子当上动物世界的大王是众望所归、顺理成章之事，没有任何动物能够取代它。"

黑狼说："狮大王恩德深厚，胸襟宽广，心存善良。它对百兽有悲悯的情，友善的意。所以，它当上动物世界的大王，没有不服气的。我是举双手赞成的。"

水牛说："狮子仪表堂堂，气度不凡，这是老天赐给它的奖赏。狮子天生就是当大王的料，真是太完美了，无可挑剔。我是甘心情愿地当它的臣民。"

除此之外，还有梅花鹿、黄羊、斑马等都给出了答案。大家一致认为，狮子德才兼备，有勇有谋，是得到大家一致的拥护才当上大王的。

狐狸把大家给出的答案总结后，汇报给了狮大王。狮大王听了答案之后哈哈大笑起来。看样子它十分开心。它说："这些动物真是一群笨蛋，它们的答案没有一个是对的。正确的答案是：谁不服，狮子就会吃了谁。"

大家都以为这事到此为止了。不料，第二天狐狸通知大家，说是鉴于大家对狮大王的忠心、拥护和爱戴，狮大王要对于给出错误答案的动物予以重奖。希望大家能够加强学习，提高素质，以后争取给出正确的答案。于是，大家欢呼雀跃，皆大欢喜，纷纷表示十分感谢狮大王的理解和支持。

一直在看热闹的大象感到很奇怪。它对狐狸说："凭你的聪明，肯定知道正确答案。为什么不给出正确答案呢？答错了都能得到重奖，如果你说出了正确答案，是不是可以得到更大的奖励呢。"

狐狸说："有的时候，正确的答案是最危险的答案，是不能随意说出来的。大家还算聪明，明白了狮大王的真实意图。想想看，谁要是说出了正确答案，不要说得奖，恐怕连命都保不住呀。"

黄狗之死

▶ 文 / 壬人

自不诚，则欺心而弃己，与人不诚，则丧德而增怨。
——宋·杨时《河南程氏粹言·论学篇》

黄狗对主人十分忠诚。因为忠诚，黄狗得到主人的信任和喜爱。然而，随着时间的推移，主人又喜爱上一只花狗，主人决定将黄狗杀掉吃肉。

黄狗对主人百依百顺，主人很容易地将一条绳索套在了黄狗的脖子上，黄狗见识过类似的场面，它知道这是人吊死狗的一个方法。但是，它没有反抗和逃脱。因为，它确信，主人没有理由杀死自己。再说了，自己没有犯过任何错误，主人不会对自己下毒手的。

正想着，主人已将它脖子上的绳索套牢，并猛地将它提起来，吊在了一棵树上。狗感到脖子被勒得很痛，胸口憋气，肺好像要炸开了。它想，难道主人真的要吊死自己吗。它实在不相信这是真的。它甚至在想，也许这是主人考验一下自己的胆量和耐力，过一会儿就会将自己放下来。它忍着痛，一点也不挣扎。它渐渐地感到有些撑不住了，它的大脑变得晕晕乎乎的。

忽然，绳索断了，黄狗掉在了地上。这时，黄狗猛吸了两口气，大脑变得清醒起来，它逃跑了。

离开了主人后，黄狗后悔了。它想，既然绳索断了，说不定是主人割断的。那么，就说明主人有意放了自己。而自己跑了，就是对主人的大不敬呀。再说了，即使主人真的想杀死自己，假如我回到他的身边，也许他会被感化的，从而放弃杀死自己的念头。

考虑再三，黄狗决定回到主人身边。

主人见黄狗回到了自己身边，十分高兴。他心里说，我以为吃不到黄狗的肉了呢。看来，我还真的有这个口福。

他表面上对黄狗很亲热，可趁黄狗不备，悄悄拿起一条长长的木棍，狠狠地向黄狗打去。黄狗觉得背部像断了一样疼痛，它晃了几下，但还是挺住了。它知道，主人仍然想杀死自己，它再次逃跑了。

这次逃跑之后，黄狗感到很伤心。它想，肯定是自己在哪个方面做得不好，主人怪罪了自己才动了杀机的，它十分痛恨自己。

一晃几天过去了，随着伤痛的减轻，黄狗十分思念主人。它寻思，也许随着时间的推移，主人会改变了主意。它决定再次回到主人家，了解一下主人的态度。它决不甘心就这样离开了主人。

主人见黄狗回来了，于是将黄狗装入了一个笼子里。黄狗发现，主人请了屠夫，那屠夫还准备了一把明晃晃的尖刀。但是，黄狗还是希望那把尖刀是为猪准备的，而不是为自己准备的。

它的想法并不是事实，黄狗最终死了。它至死也不明白：忠诚常常会被人利用的，有时，当你死了的时候，还不明白自己是怎样死的。

乌鸦的名声问题

▶ 文／壬人

> 我宁愿以诚挚获得一百名敌人的攻击，也不愿以伪善获得十个朋友的赞扬。
>
> ——裴多菲

　　寓言家写过这样一则寓言。说的是树上有一只乌鸦，它嘴里叼着一块肉，狐狸很想吃到那块肉。于是，它对树上的乌鸦说，听说你唱歌十分好听，不知是真是假。乌鸦很高兴，于是哇哇地唱起了歌。它嘴上叼的那块肉便掉在了地上，狐狸如愿以偿。这事传开以后，乌鸦成为傻瓜笨蛋的代名词。

　　乌鸦一时大意上了狐狸的当。然而，它并不是一个糊涂虫。它深刻地反思了自己的失误。它想，以后决不能重复以前的错误。倒是狐狸由于这次得手有些得意忘形，此后，它接连被乌鸦捉弄。它不得不承认，它与乌鸦斗智，只是偶然的得手。它根本斗不过乌鸦。

　　就在它骗得乌鸦嘴中的肉不久，狐狸又发现乌鸦嘴中叼着一块东西。于是它便故伎重演。无论如何奉承乌鸦，乌鸦总是不动声色。它不知道乌鸦在想什么，狐狸快要急死了，但它不想放弃。正当它用花言巧语引诱乌鸦上当的时候，忽然一抔屎从天而降，恰好砸在它的脸上。狐狸狼狈极了，只得悻悻而去。

　　这一天，狐狸发现乌鸦嘴中有东西。它想，应改变一种办法，使乌鸦上当。于是，它对着树上的乌鸦大骂起来。骂了一会儿，乌鸦忍不住了，与狐狸对骂起来。当乌鸦一张口之际，它口中那块东西便掉了下去。狐狸猛地扑了上去，当它咬住那块东西的时候，它大吃一惊。那不是自己想吃的东西，而是一条毒蛇。它吓坏了，赶紧放开了蛇，可是这时它已被蛇咬了一口。它痛苦地挣扎了好多天，才保住了一条命。

　　此后，乌鸦多次算计和玩弄狐狸，让它无可奈何。

　　乌鸦想挽回自己的声誉。它向动物们宣传它如何智斗狐狸的经过。但是，没有一个动物肯相信它。它们都说："谁看见啦？准是瞎编。你能斗得过狐狸，打死我也不信。"

　　乌鸦找到寓言家，让它用自己新的素材，写出一些寓言，让大家改变对它的看法。寓言家也觉得以前对乌鸦不太公平，于是，它答应了乌鸦的要求。便接连写出了一百多篇《乌鸦与狐狸》故事的续篇。

　　可是，收到的效果恰恰相反。大家看了续篇之后，纷纷找上门，要求看寓言家过去写的《乌鸦与狐狸》，它们纷纷写信给寓言家，说是不要美化笨乌鸦，不要低估了狐狸的智商。更让乌鸦始料不及的是：本来有一些动物不知道《乌鸦与狐狸》这则寓言，由于乌鸦与狐狸续篇的出现，它们都知道了乌鸦与狐狸的故事。它们纷纷加入了嘲笑乌鸦的行列，乌鸦的名声更臭了。

　　乌鸦十分伤感和无奈。

　　印象一旦形成，要改变它是十分困难的事情。

心 态

▶ 文／辛园

> 欺骗的友谊是痛苦的创伤，虚伪的同情是锋利的毒箭。
>
> ——列宁

乌鸦和喜鹊各以一个山头作为领地。

乌鸦的山头长满了各种各样的奇花异草，远远望去，像一个美丽无比的大花园。喜鹊的山头长着各种树木，绿树成荫，十分壮观。乌鸦时常望着对面的山，心里想，喜鹊占领的山头太好了。自己的山头全是乱七八糟的草，没有一棵成材的东西。喜鹊望着对面的山头，心里说，乌鸦占领的山头好极了。我这里的山头长满了硬邦邦的大树，一点也不温馨。

乌鸦提出同喜鹊交换领地。这个想法正中喜鹊下怀，它们一拍即合。

乌鸦飞到了喜鹊的领地。一开始它感到这里很新鲜，但过了不久，它便发现了新领地的不足，此地树木高大，却没花没草，实在是太单调了。乌鸦后悔了。

喜鹊飞到乌鸦的领地之后，起初感到很满意。但是不久就发现了新的领地的缺陷，没有高大的树木栖身。难受极了，它也后悔了。

它们都是十分爱面子和尊严的鸟。为了让对方不至于发现自己后悔，它们白天装着快乐的样子，晚上便彻夜难眠，痛苦不迭。时间长了，它们都知道了相互的真实处境，但谁也不点破它。

于是，痛苦便伴随了它们的一生。

一千只小鸟的无知

▶ 文／辛园

> 与超过自己的人去较量的人，结果是骄傲自大得更为恶劣。
>
> ——德谟克利特

小鸟经常在天空中飞翔，它们多次经历雨水的洗礼。时间久了，它们深信，水是从天上来的。

这一天，有一只小鸟在地上看到一只老鼠在挖洞。小鸟问老鼠："你在干什么？"

老鼠说："我在挖井，地下有水，挖到一定深度，水就会冒出来。"

小鸟说："据我们多年观察，天上才会有水，地下不可能有水，你挖井是白费功夫的。"

老鼠说："我的同伴已经在地下挖出了水，这是毫无疑问的。你认为只有天上才有水，那是片面的看法。"

小鸟说："我们飞得那么高，比你看得远多了。我说地下没有水，地下就没有水。"

老鼠不愿与小鸟争执，于是不搭理它了。

小鸟很生气，于是，它飞到天空中，找到了许多伙伴。它们联合写下了一个证明书：一千只小鸟证明老鼠的说法是错误的。

老鼠看到了小鸟的证明书，冷笑了一下，依然挖井。

小鸟十分恼怒，它同老鼠大吵起来。它对老鼠说："你把一千只小鸟的证明当成什么啦，你是不是太狂妄了，你们老鼠个个都是不知天高地厚的东西。"

老鼠反唇相讥："你们不会挖井才会这样说，一群没有用的家伙。"

土地神听到了它们的吵闹声，便前来调解。

土地神听了它们各自的讲述之后，意味深长地对小鸟说："一千只小鸟的无知与一只小鸟的无知是一样的，是你们错了。"

小鸟一听这话，气急败坏地飞走了。

一头企图对付上司的牛

▶ 文 / 辛园

> 傲慢是一种得不到支持的尊严。
>
> ——巴尔扎克

　　牛与马是好朋友，主人想从它们两者中选出一位当坐骑。当上主人的坐骑是一件很荣耀的事，牛和马都要求给主人当坐骑。相比之下，牛力气大，耐力好，奔跑的速度却慢一些。马力气不如牛，耐力也不如牛，跑得要比牛快。经过反复权衡，主人决定选择牛来当坐骑。

　　主人为了让牛跑得快一些，就做了一条皮鞭。当牛跑得慢了之后，它就用鞭子抽打牛的屁股。牛觉得很窝火，它想，当上了你的坐骑，应该敬重我才是，你却拿鞭子抽打我，太不像话了，它对主人十分不满。

　　它心里想，得想办法对付主人，让主人知道我也不是好惹的。它一有时间，就精心地打磨起自己的皮。随着时间的推移，它的皮变得越来越厚，越来越结实。主人用皮鞭打在它的身上，就像抓痒一样。所以，当主人抽打它的时候，它一点也不在乎。有时主人打它时，由于用力过猛，累得满头大汗。牛却安然无恙，牛暗自高兴，心里说，累死你这个不知轻重的坏东西。

主人发现用鞭子抽打牛不能奏效，于是便对牛客气起来。它为牛加了美餐，希望牛能够理解自己的良苦用心，更好地配合自己。

牛思忖，看来自己采取的对策是正确的。你越是对主人忍让，主人越是用鞭子狠狠地抽你。你越是对主人耍横，主人越是尊重你。

牛依然我行我素。主人催促它快跑，它偏不听，总是不紧不慢的样子。主人用鞭子抽它，它就当成挠痒痒。令主人无可奈何。

牛很得意，它想，能够对付主人是多么了不起的事情呀。在动物世界里，没有一个能像自己这样适合当坐骑。马本来是可以当坐骑的，可是它力气和耐力太差了。照这样下去，主人肯定还会让步的，自己的地位也会不断得到提高的，它梦想着主人给它更高的待遇。

不料，有一天主人突然宣布由马来当坐骑，并安排牛去耕田。牛百思不得其解，主人怎么会忽然来了一个180度大转弯了呢，莫非他发疯了。

牛不解地问马："我当主人的坐骑，做得好好的，可是主人为什么狠心把我换掉了呢？"

马对牛说："你千万不要企图对付你的上司。否则，那是十分危险的。"

牛明白了自己的致命错误。可是它明白得太晚了，让牛更难以料到的是：牛耕田时，稍稍慢了些，主人便使用棍棒对付它，而且总是给牛少得可怜的食物，饿得它眼冒金星。

英 雄

▶文／庚上

> 命运——这是暴君作恶的权力，也是傻瓜失败的借口。
>
> ——安比尔斯

一只恶兽藏在山洞里面，不动声色。当有动物经过洞口时，恶兽常常出其不意，将动物咬死，然后拖入洞中吃掉。野猪、山羊、黑狼、兔子等都死于非命。这在动物世界引起了恐慌，一提到恶兽大家就心惊胆颤，害怕极了。

黑熊是动物世界中的武术高手，大家一致推举它去除掉恶兽。黑熊说："除掉恶兽不是一件简单的事，需要做好充分的准备才行。否则，不但不能除掉恶兽，反而会招来杀身之祸。"大家觉得黑熊说得有道理，于是纷纷赞成它的意见。

黑熊来到黑马的铁匠铺，它要求黑马铁匠按照自己的设计图，打造一百件兵器。黑马铁匠说："为什么要打一百件兵器，全用得上吗？"黑熊说："我只需要一件兵器，但是，对于每种兵器我都要试用几天，然后比较一下，看看哪种兵器更适合自己使用。只有找到最适合自己的兵器，才能够战胜恶兽。"

黑马铁匠听了这话，没有推托，它决定帮助黑熊。它日夜苦干，挥汗如雨。它花了一个多月的时间，为黑熊打造了一百件兵器。这些兵器个个寒光闪闪，杀气腾腾。黑熊将兵器一一试用，经过两个多月时间的筛选，它最后决定把一口大刀当做自己的兵器。

为了练好对付恶兽的本领，黑熊决定建立一所练功房。于是，它请长颈鹿等动物建筑师帮忙。大家听说黑熊为了除害建练功房，都积极支持。大家用了三个多月的时间，终于建成了练功房。看着宽敞明亮、十分气派的练功房，黑熊感到十分满意。

黑熊开始练功，它先练习力量，再练习刀术，还练习了战术。它引来了无数动物观看，它们有的为黑熊加油，有的为黑熊喝彩，有的为黑雄唱歌。黑熊威风凛凛，神气十足。它偶尔向大家招一招手，表示感谢，大家十分感动，呼声震天。一转眼，半年过去了，黑熊的本事不断提高。看样子，用不了多久，它就可以去对付那个恶兽了。

随着时间的推移，黑熊渐渐成了大家心目中的英雄。在大家看来，除掉恶兽非黑熊莫属。虎大王也多次表彰了黑熊，授予它"无敌将军""神勇斗士""武林英雄"等光荣称号。于是，黑熊的大名家喻户晓，妇孺皆知。在动物世界中，已有许多种版本的关于黑熊杀死恶兽的神话故事流传。当然，这些都是虚构的。还有不少动物说黑熊是天上神仙下凡，它法力无边，勇猛无敌。

大家似乎觉得，有了黑熊在，都不害怕那恶兽了。黑熊成了大家的主心骨和靠山。

　　有一天，黑熊家门前忽然来了许多动物。大家敲锣打鼓，唱着赞歌，还带了一块写着"除害英雄黑熊"六个大字的牌匾。牌匾金光闪闪，色彩夺目。原来，大家是来为黑熊祝贺的，因为，那个恶兽已被黑熊杀死了。

　　黑熊走出家门问个究竟，听了大家的说法，它感到莫名其妙。它说："这不可能呀，我至少还需要准备三年时间，才能去除掉那个恶兽。"

　　这时，黄牛恰好经过这里，它一五一十地说明了事情的真相。原来，黄牛经过恶兽门前的时候，刚好遇到恶兽出门，黄牛毫不畏惧，用尖尖的牛角刺穿了恶兽的胸膛。

　　大家听说黄牛杀死了恶兽，都感到十分意外。在大家看来，黑熊杀死恶兽，那才是顺理成章之事。如今，黄牛成功了，是那么的容易，一点故事性都没有，不是大家所期望的。更为重要的是，黄牛不是大家推举的杀敌选手。所以，大家不能承认黄牛是英雄。大家甚至感到很失望，觉得黄牛是多管闲事，没能让黑熊这个英雄当到底。

　　更让大家尴尬的是：这块专门给黑熊制作的牌匾该如何处理。

站在高处的猴子

▶ 文 / 庚上

> 骄傲的人，往往通过骄傲来掩饰自己的卑怯。
>
> ——哈代

　　猴子在森林里过着快乐的生活。猴子是爬树的高手，它在树上穿行如履平地，令大家羡慕不已。

　　山羊不会爬树，它经常将脖子伸得长长的，艰难地吃树上的叶子。但是，当它吃了一会儿之后，它就吃不到了。因为，低矮的树枝实在太少了。

　　看到这些，猴子在树上总是哈哈地大笑。

　　它说："瞧你这个笨山羊，树上有好多好多的嫩树叶，你若爬到树上来吃，该多爽快呀。快上来呀，我可以拉你一把。"

　　山羊知道猴子在嘲弄自己，但它并不在意。它依然费劲地伸着脖子吃着树叶。不一会儿就从一棵树下移到另一棵树下。

有一天，一只野牛被狮子追杀。野牛围着大树转来转去，想摆脱这只凶恶的狮子。但是，狮子并不是那么好对付的，它已经缠住了野牛，野牛看上去十分危险。

猴子在树上说话了："野牛先生，快上树，只要上了树，狮子就没有办法了。"

野牛十分生气，但它顾不得对付树上的猴子。

在危急关头，一群野牛跑过来助战。它们一齐冲向了狮子，狮子被赶走了，猴子觉得很扫兴。

有一天，一只兔子在树下捡猴子吃过的果核，当作自己的粮食。猴子看在眼里，心生诡计。它故意将果核丢得远远的，让兔子跑过去捡。看着兔子可怜巴巴的样子，猴子快活极了。

猴子对兔子说："你称我为大王，我就把果核扔给你。"

兔子并不理睬猴子，依然我行我素。它深知，猴子是一个轻浮浅薄的家伙。

有一天，森林突然发生了火灾。大家被迫转移到了一片草地上生活。

山羊、黄牛、兔子静静地在地上吃草，生活与原来没有什么两样。

可是，猴子发现自己无法找到想吃的果子，它陷入了困境。

令它不解的是，它发现自己比黄牛、山羊矮多了，与它最瞧不起的兔子个头差不多。

猴子终于明白了：是那高高的大树给它以无限的荣光和威风。如今，大树没有了，它变得一文不值。

它只能眼睁睁地等着被饿死。

癫蛤蟆的理想

▶ 文／庚上

> 不要迷信权威，人云亦云，要树立独立思考的科学精神。
>
> ——谈镐生

很久以来，动物世界时兴树立远大的理想和抱负。有一句名言叫做成功始于远大理想。什么是远大理想，没有具体的标准。癫蛤蟆的理想是吃天鹅肉，这在动物世界中已经家喻户晓了。

一代又一代的癫蛤蟆为了实现这个伟大的理想而奋斗，几乎每个癫蛤蟆都从小立志要吃天鹅肉。这是它们一生奋斗的起点，是它们生命历程中的一个十分重要的里程碑。由于树立远大理想的意义非常大，所以，它们经常围绕这一神圣而伟大的题目展开热闹和广泛的讨论。有许多癫蛤蟆学者连篇累牍地发表论文，说明树立吃天鹅肉这一远大理想的必要性、可行性、长久性。大家都认为，树立吃天鹅肉的伟大理想，是每个癫蛤蟆成才的必经之路，是癫蛤蟆家族兴旺发达的根本保证。如果谁不树立吃天鹅肉

的伟大理想，那么它就和行尸走肉没有什么两样，简直没有资格在这个世界上活下去。

同样是树立远大的理想，也有高下之分。吃天鹅肉，吃一口也是吃，吃一只也是吃。那么吃一只天鹅的理想当然要比吃一口天鹅的理想高出一大截。于是，大家在树立理想的过程中，开始了高度大比拼。有的说要吃10只天鹅，接下来有的就提出要吃100只天鹅。后面的又提出吃1000只天鹅，有一个大胆的癞蛤蟆说要吃1万只天鹅，成为当时的最高纪录，它也因此成为树立远大理想的标兵。此后，它经常被邀请到各处演讲，宣传和介绍自己树立远大理想的体会，可谓得意洋洋，风光无限。可是，好景不长，又有癞蛤蟆提出了吃10万只天鹅的理想。这样，这只癞蛤蟆便取代了先前那只癞蛤蟆，成为癞蛤蟆世界中光彩夺目的明星。

随着时间的推移，癞蛤蟆吃天鹅肉的理想目标不断被刷新。前不久，有一只花脸癞蛤蟆提出要吃1000万只天鹅的目标，成为新一代癞蛤蟆的明星，它被大肆地表彰和宣传。《癞蛤蟆日报》《癞蛤蟆宣传报》、癞蛤蟆电视台、癞蛤蟆广播电台都纷纷报道了这只花脸癞蛤蟆的事迹，号召所有的癞蛤蟆都要向它学习。

但并非所有的癞蛤蟆都心往一处想，就在大家争相树立吃天鹅理想的时候，有一只癞蛤蟆提出，它不想树立吃天鹅肉的理想，它的理想是每天能够吃到足够多的虫子、蜜蜂和蚱蜢。它的话立即引起了轩然大波，它因此被抓了起来，强制送往癞蛤蟆精神病医院进行治疗。

上帝得知这件事之后，觉得很奇怪，就变成了一只天鹅，飞到了癞蛤蟆的领地。癞蛤蟆发现一只从未见过的怪物从天而降，吓得四处逃窜，狼狈不堪。

上帝连连摇头说："连天鹅的样子都不知道，就想吃1000万只天鹅，实在是太荒唐、太可笑了。"

龟兔赛跑之后

▶ 文 / 己阳

机遇垂青那些懂得怎样追求她的人。

——尼科尔

在那次著名的龟兔赛跑较量中，乌龟夺取了胜利。故事并没有到此为止。

乌龟领到金牌和奖金后，转身欲走，却被一群蜂拥而至的动物记者围了个里三层外三层。有的给乌龟拍照，有的向乌龟提问，还有一些记者请乌龟签名。乌龟似乎并不惧怕这样的阵势，它面带微笑，不紧不慢地回答着记者的提问。很快《动物世界报》《动物体育报》《动物生活报》《动物晚报》等报纸纷纷以"乌龟夺冠之路""乌龟风采""乌龟是一面旗帜""神龟"等题目，报道了乌龟的故事，动物电视台把乌龟请到了演播室。乌龟发现乌鸦、鹦鹉、百灵鸟等著名节目主持明星等候在那里，导演向乌龟讲明了这次特别访谈的要求，让乌龟面向广大动物观众，回答诸多问题：

如有几个家庭成员，排行第几，爱吃什么，啥时练习的长跑，教练是谁等，并让乌龟对着广大动物观众讲几句心里话。乌龟鼓足勇气开口了，它想到哪便说到哪，开始挺紧张，可越讲越兴奋，就连小时候尿床和偷东西的小事都讲了。访谈节目结束后，电视台导演说乌龟是直爽的动物，精神可嘉。

乌龟上了电视后，本想休息几天。可是，动物保健品公司的经理黑熊找上门来，说只要乌龟拍一分钟动物保健品广告，将给它酬金五十万。乌龟一听，来了兴致，乌龟对着摄像镜头大喊："吃了保健精，跑得就是快"。乌龟看着送上门的五十万元钱，心里高兴极了。它心想，发财太容易了。动物保健品公司的广告拍完后，动物鞋厂的老板犀牛找到了乌龟，它愿意出一百万元，请乌龟给拍一则广告，那则广告的镜头是：乌龟穿着动物鞋厂的鞋奋力地向前爬，它居然超过了所有参加比赛的动物，然后乌龟便登上了高高的领奖台。乌龟的台词是："穿上运动鞋，跑得就是快"。紧接着动物食品工厂的野猪、动物服装公司的长颈鹿、动物健身器材公司的大象也纷纷找上门来，请乌龟出马拍广告。乌龟想，这钱该赚就得赚，不赚白不赚。于是来者不拒，厂家让它怎么拍它就怎么拍，让它怎么说它就怎么说。不久，乌龟就成了著名的广告明星。每当电视剧演过几分钟之后，乌龟的形象便出现了。它嬉皮笑脸，怪模怪样，向你推销各种产品。

动物书商斑马也来找乌龟，协商为乌龟出书一事。乌龟说自己不会写作，书商斑马说，已经把为乌龟代笔的作家选好了，只要乌龟把自己的生活经历简述一遍，便大功告成。乌龟一听，欣然同意。不久，书市上便冒出了一本畅销书：《乌龟的夺金之路》，乌龟因此得到酬金二百万元。乌龟拿到书一看，心里很奇怪，我什么时候同松鼠小姐谈过恋爱，啥时有过特异功能，啥时斗过歹徒，这都是瞎编的嘛。不过，乌龟不想计较这些，因为自己拿到人家的钱了。

书出完了，乌龟打算放松一阵子。前一段时间，乌龟应酬太多，实在让乌龟难以招架，它全身像散了架似的。不料，三日不过，动物电视剧摄制中心的主任找乌龟来了，说要乌龟出山担任主角，拍五十集电视剧，剧名叫"乌龟传奇"。于是乌龟披挂上阵，随着拍摄剧组跋山涉水，拍起了武打戏。电视剧播出以后，大家褒贬不一。不过此后乌龟便在电视剧中成了武林高手，它身怀绝技，飞檐走壁，手中一支短剑出神入化，变幻莫测，所向无敌。乌龟迅速成了动物们崇拜的影视明星。

兔子得知乌龟飞黄腾达，心里十分不服气，于是向乌龟挑战，提出重新赛跑一次。想不到，乌龟很爽快地答应了兔子的要求，于是动物电视台、动物世界报、动物广播电台等媒体连续报道了这一消息，在动物界引起了轩然大波。动物们都好奇地等待乌龟和兔子第二次赛跑时刻的到来。大家一致认为，上次兔子因半路睡觉而让乌龟得胜，这次兔子肯定会洗刷耻辱的。

可比赛结果又出乎大家的意料，乌龟又一次获得了长跑冠军。大家都觉得这里面肯定有鬼，不久，一贫如洗的兔子便住进了别墅，到处吃喝玩乐，一掷千金。于是大家猜到了乌龟与兔子之间发生了怎样的交易。

大家隐隐地感到，有钱有名的乌龟变得难以捉摸了。

注意即王道

▶ 文 / 纳兰泽芸

> 如果媒体炒作有助于更多人了解真相，有助于问题的解决，应该欢迎这样的炒作。不要一看到媒体曝光就以为是在为自己打广告做虚假宣传。
>
> ——方舟子

但凡商场中人，应该都知道著名的布里特定理。

布里特定理的核心就是：企业经营如果忽视广告，就好像一个漂亮的姑娘在黑夜中向心爱的小伙子传送秋波，秋波再含情脉脉，但对方不知道，又有什么用呢？

其实说白了，就是姑娘要适时向小伙儿传送秋波，让对方注意到自己。

布里特是英国著名的广告专家。他首创的这个布里特定理，似乎与我们中国传统的"内敛"特质有点出入。长期以来，咱们内敛的中国人一向认为"真金不怕红炉火，酒香不怕巷子深"。

时至今日，真金不怕红炉火，仍是个不争的事实。然而，随着时代前进，人们越来越发现，好酒也怕巷子深，酒香也要常吆喝。在如今的信息时代，注重吆喝，最大限度引起人们注意，你才能以最快的速度让更多的人知道你的"好酒"，既而来购买好酒，才会使你在瞬息万变、竞争激烈的市场中拔得头筹。

正如千里马也懂得引起注意的重要性。千里马在陡坡上拉着一辆沉重的盐车，长期的沉重劳动让它骨瘦如柴，貌不惊人。而当伯乐走过它身边的时候，千里马突然昂起头瞪大眼睛，用马蹄将地踏得咚咚震响，冲着伯乐大声嘶鸣，它成功引起了伯乐的注意，伯乐从它裂帛洪钟般的嘶鸣中判断出，这是一匹难得的千里马。

正如姜太公也懂得引起注意的重要性。姜太公一生穷困潦倒，直至晚年，他听闻周文王要外出狩猎经过渭河。他在周文王必经的渭河边用直钩钓鱼，成功引起了周文王的注意，从此辅佐周文王治理天下。

……

在瞬息万变的信息社会，就算你是醇香之酒，如果没有闻香的鼻子嗅到，也是白搭。那就要想办法引起人们的注意，将你的酒香推到更多闻香的鼻子底下。

宋祖英唱民歌的确好听，但如果她没有寻找机会登上了1990年的春晚引起亿万观众的注意，也许就没有后来的"民歌天后"了。

李宇春唱歌的确不错，但她在未参加超女之前也仅算是一个唱歌不错的女孩子而已，没有超女比赛大量的推广与宣传让她获得了人们的注意，也许就没有她后来的闻名遐迩。

正如可口可乐前任总裁伍德拉夫曾说，可口可乐99.1%是水、碳酸

和糖浆，如若不进行宣传，谁去喝它呢？

也就是说，如若没有引起全世界人们的注意，这种再普通不过的碳酸混合物，谁会去喝它呢？

可口可乐公司从1886年开始，不惜耗费巨大工本，千方百计利用广告宣传手段吸引人们的注意。如今，可口可乐已被视为美国精神的象征。

被誉为当代中国企业界传奇人物的史玉柱，1997年因决策失误而欠债数亿。2000年他再度创业，向市场推出"脑白金"。到2007年，巨人公司成功在纽交所上市，史玉柱身价突破500亿元。

短短数年时间，一个人从欠债数亿到身价500亿，这其中究竟发生了什么不可思议的事情？

某种程度上来说，其中很大原因要归功于史玉柱的产品"脑白金"吸引了无数人的注意。

那么史玉柱究竟做了一件什么高深莫测的事情，使脑白金在保健品的海洋中脱颖而出，深扎于人们的脑中、心中、生活中？

没有别的，就一句简单明了的广告词"今年过节不收礼，收礼只收脑白金"。

很长一段时间，当你打开电视，随时都会听到"今年过节不收礼，收礼只收脑白金"这句广告语。它没有过多地介绍产品，没有过多地渲染气氛，只有这14个字。慢慢地，几岁的小孩子都会奶声奶气地说"收礼只收脑白金"，80岁的老奶奶在闲聊之时，也会幽默一句"收礼只收脑白金"……

这则广告简单得令人不可思议，仅仅两个卡通人物一句话，可它却取得了巨大的成功，成功地吸引了无数人的注意。

先不管这则广告带给企业的经济效益，单单从社会效益这个层面看就足以让它成为广告界的经典案例。要知道，这则广告词中国人几乎没有不知道的，它最大限度地扎入了人们的思想深处。这个广告更是在业界引发了很大的反响，是每次广告效果讨论课的必备课题。

史玉柱也尝到了巨大的甜头，深刻认识到引起人们注意的重要性。2009 年史玉柱参加央视广告竞标会，2010 年预计投放 2 亿的央视广告。

1997 年，美国经济学家发表了一篇题为《注意力购买者》的文章，他说："获得注意力就是获得一种持久的财富。在新经济下，这种形式的财富使你在获取任何东西时都能处于优先的位置。因此，在新经济下，注意力本身就是财富。"这就是注意力经济，也是眼球经济的来源。

信息时代，社会大众的注意力被看作是稀缺资源。要想成功，必须引起注意。

注意即是王道。

"粪路"书香

▶ 文 / 纳兰泽芸

> 壮志与毅力是事业的双翼。
>
> ——佚名

"我走的是一条粪路，但这条粪路充满书香，改变了我的人生"！

这样的句子，乍听起来，似乎有些"不雅"或者"不洁"的感觉，然而，静下心来体会，会发现这个"不洁"的句子，会激起我们内心一种高洁的喟叹。

写出这个句子的，是一个身份"卑微"的掏粪工，他叫段贤明，一个在广东东莞以掏粪为生的年轻人。他在广东省"自强不息，打工成才"征文大赛中，以一篇《一个掏粪工的快乐进行曲》超越1000多位竞争者，拔得头筹。

出身湖南一个贫寒农家，十来岁时就因交不起学费而被迫失学，背井离乡到东莞打工。年龄小、身无所长，在外面什么事情也找不到。他住过桥洞，露宿过坟地。在连饭都快没得吃的情况下，有人介绍他去做掏粪工，说虽然脏，虽然臭，但好歹能安顿下来，换口饭吃。

真的干上掏粪工之后，看到人们对他掩鼻而过，还有那异样的眼神，他真的有些受不了。自己也觉得自惭形秽，在人前抬不起头来。极其自卑的心理让他对那些趾高气扬的"有钱人"怀有一种扭曲的"恨意"。

但一次经历让他改变了自己的看法，那是一年的除夕之夜，一个老板别墅的化粪池爆溢。在万家欢笑的除夕之夜，他一直顶着恶臭忙到新年钟声敲响。老板一定要请他一起吃年糕，他觉得自己是个掏粪工又臭又脏，怎么也不肯坐下来，老板就说掏粪工怎么啦，工作无贵贱，都是为了挣钱过生活。然后老板跟他讲了自己从前并没有钱，怎样一点点走到现在的人生经历。

还有一次是他冒着暴雨给一个福利院掏化粪池。掏好之后才发现自己的身上只有汗水和脏水，并没有被雨水淋湿，原来是老人们一个个轮流着接力给他在雨中撑着伞，那一刻，他感动得眼眶都红了。这些可敬的老人并没有因为自己是卑微的掏粪工而看轻他，而是像保护自己的孙子一样保护着他。

此后，他常告诉自己，掏粪工也是靠双手吃饭，没什么可羞耻和自卑的。掏粪工，也一样可以活得有尊严。

他没有想到，一个孩子的一句话，让他改变了自己。

那天，他去给一个人家掏化粪池，那家有个小男孩很好奇地问：叔叔，你为什么要掏粪呢？你不怕臭吗？他就回答：叔叔没有其他本事挣钱，可是叔叔要挣钱养家。小男孩忽然歪着脑袋认真又疑惑地说：那叔叔为什么不去读书呢？读书可以学到好多本领，可以挣好多钱的。

他一下子，愣住了。

那天夜里，他辗转反侧难以入睡，小男孩的话一遍遍回响在耳边。是啊，以前是家里没钱念书，可是现在我有收入了，为什么这些年也彻底离开书了呢？多少年前，我就知道知识改变命运这个道理，可是现在我为什么会忘了呢？

他开始在掏粪的一点点空余时间读书，在书里，他知道了那个"世界第一的汽车销售"乔·吉拉德，小时候也是个在酒店里给客人擦皮鞋的卑微小男孩，可是，就是这个小男孩日后创造了一年内零售1425辆新车的纪录，注意，不是批量，是个人零售。这个吉尼斯世界纪录至今无人打破。吉拉德也由一个卑微的擦鞋童成为拥有数不清财富的人。

一次在掏一个很难弄的掏粪工程时，他下到几米深的沙井里疏通，最后昏倒在里面，多亏消防员及时把他救出来，才捡了一条命。他根据自己的亲身经历写了一篇题为《找到死亡的感觉，才知道活着真好》的文章发表在《广东安全生产》杂志上，引起很多关注。

而这次的大赛征文，他从1000多名竞争者中脱颖而出，当他在领奖台上获得如潮的掌声，获得人们尊敬的目光时，他更加坚信：不要对自己妄自菲薄，从大粪里，一样可以掏出知识和尊严！

段贤明，这个在旁人看来普通得近乎卑微的掏粪工，从这条人人掩鼻的"粪路"里，掏出了怡人的书香！

流芳万世的两小时

▶ 文 / 纳兰泽芸

> 机不可失，时不再来。
>
> ——古语

当我们每天在用电话或手机轻松地与亲人朋友谈天说地的时候，我们会不约而同地感谢一个人，他是谁？他是贝尔，电话的发明者。

可是贝尔差一点与"电话发明者"这个千古流芳的称号失之交臂。

1876 年年初，贝尔试制磁电电话机取得了突破性进展，但暂时尚未完全试制成功。

一天，贝尔在做实验时不小心碰翻了一瓶硫酸，硫酸洒到贝尔脚上，他慌不择路地跳起来对着话筒喊："沃森，快来帮帮我！"沃森是贝尔的助手，此时正在另一间房间，那间房间安装着贝尔的电话机听筒。

沃森清晰地从听筒里听到贝尔的呼救声。没想到，这一呼救声成了人类第一声从电话里传出来的声音。

感恩父母　无私奉献
GANEN FUMU　WUSI FENGXIAN

电话研制成功之后，贝尔立刻向美国发明专利局提交了电话专利申请。贝尔并不知道，就在同一天，另一位发明家格雷也向发明专利局提交了专利申请。

然而，最终，"电话发明者"这项载入史册的殊荣归属于贝尔。

因为，贝尔比格雷早 2 小时提交专利申请！

贝尔在获得专利后不久就成立了贝尔电话公司，该公司后来发展成为美国电话电报公司，长期垄断美国长途和本地电话市场，年营业额高达千亿美元。1984 年，为了防止行业过分垄断，美国司法部依据《反托拉斯法》强行对其进行拆分，即使拆分后，它的年营业额仍高达七百亿美元，居世界前十大工业公司之列。

本杰明·富兰克林曾说，"时间就是金钱"。而贝尔的 2 小时，不仅仅换来了数以千亿计的金钱，更重要的，这 2 小时换来了贝尔的名垂千古，流芳万世。

由此你是否感受到了"时间"的力量？

不要说自己"已经晚了"。不，从现在开始，一切都还来得及——"明年岂无年？心事恐蹉跎。努力尽今夕，少年犹可夸"！

我们往后的人生，还有许多的"两小时"等待我们去好好把握！

为一句话远航

▶ 文 / 林萱

> **不要只因一次挫败，就忘记你原先决定想达到的远方。**
>
> ——佚名

台湾著名作家林清玄前不久到上海来，聆听林先生的演讲后，深受触动。

林清玄生于台南乡村一个极其贫穷的家庭，祖祖辈辈都是面朝黄土背朝天的农民。因为家中人口众多，在他童年的记忆里，几乎从未体会过吃饱饭的滋味。

据说林清玄出生时不像一般婴儿那样哇哇啼哭，而是咧开嘴笑，被乡亲们视为奇观，因此父亲准备给他取名"林清奇"。后来报户口时，那个负责户口登记的工作人员正好在看武侠小说，小说里有个武功高强的"清玄道长"，他觉得"林清奇"这个名字太过平庸，说："就叫林清玄吧。"

"林清玄"这个名字虽然听上去有点超凡脱俗，可童年和少年时期的

林清玄仍然是一个平凡的孩子，甚至比一般的孩子更体弱多病，更内向和胆小。父母曾经为他发愁，这样的孩子以后怎么办？

读书的时候，林清玄成绩并不好，但他喜欢一个人偷偷地读课外书。有一次他跟父亲说长大了要当一名作家，种田的父亲不知道作家是干什么的，林清玄说作家就是在家里写写文章寄出去，然后别人就会把钱寄回来的人。他话刚说完就挨了父亲两巴掌："你发昏吧，天下哪有那么好的事！"

林清玄树立了自己当作家的理想之后，就开始向这个方向默默努力着。从 8 岁开始他悄悄地练习写文章，小学时要求自己每天写 500 字，中学时每天写 1000 字。可是，写作之路并不顺，他投出的稿件往往音讯全无。

林清玄很受打击，一段时间有些沮丧。有一天，林清玄的中学国文老师请他去家里吃饺子，他受宠若惊地赶去时，老师和师母正为他包饺子，他当时百感交集，差点落下泪来。老师看着他，忽然很严肃地对他说："林清玄，你真的很不错，我教了 50 年书了，我用生命保证你将来一定会成功！"

林清玄一听，满心的失落和委屈随着泪水滚滚而下。

虽然后来林清玄知道，班上有不少同学都被老师邀请过，并且也说了类似的话。但老师那句鼓励的话，还是像严冬的一簇火苗一样温暖了他的心，激励他在写作的道路上不畏艰险，披荆斩棘。

后来林清玄的写作道路我们都知道了，他出版了一百多部著作，作品达数千万字，享誉海内外。他常被人称为"天生的作家"，只有他自己知道，这并非天命，背后有着无数的心血、坚持与努力，数千万字，都是他埋头在稿纸上一笔一划写就。他说，老师的那句鼓励的话，影响了他的一生。如果没有那句话，他的人生也不知会怎样。

一句短短的鼓励话语，竟能够改变一个人的一生！似乎不可思议，但那股力量却真实地存在着。

从演讲会场回来，我想到我儿时拔稻秧时被蚂蟥叮咬的经历。蚂蟥很可怕，尤其对于小孩子来说，可是却有一种力量，它让儿时的我抵挡住了对蚂蟥的恐惧——那是妈妈简单的一句鼓励。

那句简单的话也有可能是妈妈无心的随口之语，却能让我面对恐惧，时隔多年光阴，想起来仍是令人低徊。

20多年前，我还是个七岁的小孩子，在我幼小的心里，我觉得这世上最可怕的东西也许就是吸血的蚂蟥了。长长的，粗粗的呈现着令人恶心的墨绿色，两端都有吸盘，水田里淤泥很深，穿胶靴做事不方便，没办法只得光着脚，这可让饥饿的蚂蟥逮着机会了。蚂蟥的头部有吸盘，吸血的同时分泌一种抗凝血物质，有麻醉作用，所以蚂蟥吸血的时候一般感觉不到痛。蚂蟥非常耐饥饿，有时能一年不吃任何东西，但逮到了机会就会撑死了也不松口，能吸大于自身体重2到10倍的血。吸饱了血的蚂蟥鼓胀着隐隐红色的肚子，看着令人头皮发麻。

蚂蟥吸血不痛，但感觉灵敏的人会觉得有一点痒。没经验的我，感觉腿痒就会自然地伸手去抓，一抓碰到软乎乎冰凉凉的东西，吓得脸色煞白。

蚂蟥的生命力特强，就算把它切成十几段，过不了多久，这些割成段的又长成十几条完整的蚂蟥。

常常在水田里干着活，从淤泥里拔出腿的时候，赫然发现腿上趴着好几只花斑斑、圆滚滚如手指粗的蚂蟥，正在贪婪地狠命吸着我的血。吓得我尖叫不已。一开始没经验，条件反射地用手去拽，可是越拽它会吸得越紧，扯得老长也扯不掉。就算把这头拽下来了，那头的吸盘又吸了上去。

如果实在扯狠了，蚂蟥的吸盘扯断了就会留在伤口里，就会发炎。有经验的哥哥或妈妈过来，操起巴掌狠劲拍，蚂蟥被拍得抵挡不住身子一缩，掉下水田。因为蚂蟥在吸血时分泌抗凝血物质，所以咬过的伤口不容易止血，拍下蚂蟥后腿上往往有好几处还在不断往下流血。

我怕下水田，一想到水田里的蚂蟥，我就想哭。那时还听说一个传闻，说一个小女孩在河里洗澡时一只大蚂蟥钻进了她肚子里，然后又在里面吸血繁殖，小女孩的肚子不断长大，面黄肌瘦，人们都以为她怀孕了，纷纷鄙视她作风不好。女孩的父亲也以为女儿败坏门风，天天责骂她。女孩的母亲很心疼女孩，有一天炖了一只鸡给女孩吃，正准备吃父亲回来了，女孩吓得把盛鸡的汤罐坐在屁股底下，女孩肚里的蚂蟥闻到香味，纷纷从肚子里爬出来。父亲这才明白了真相，女孩的屈辱才得以洗清。

我自己也是一个小女孩，所以对这个传闻记得最牢，觉毛骨悚然，更增添了对蚂蟥的恐惧之心。

可是当乡村"双抢"时节来临时，哭也不行，人手极缺，我这个六七岁的小孩子，一样要被赶到田里去拔秧。

"双抢"，顾名思义，要两边"抢"。抢什么，先抢着收割早稻归仓，然后耕田，再抢着把晚稻秧苗在立秋之前插下田。不能晚于立秋，立秋当天夜里零点之前与零点之后插下去的秧苗，长势会截然不同。所以立秋当天晚上零点之前的水田里，就会有许多人就着模糊的星光抓紧插秧。

我人太小，插不了秧，那就拔秧。

我和两个哥哥负责拔秧，把秧苗拔好，洗掉秧苗根部的泥，再捆成一个个小捆。由妈妈把一小捆一小捆的秧苗挑到大田去插。正午的水田水被太阳晒得滚烫，我们在烈日下汗如雨下。

那一天，天闷热无比，我和哥哥拔秧，没几天要立秋了，家里还有三块大田没有插秧，爸妈很着急，就请了已经搞完双抢的两个姑姑来帮忙插秧。

下田前我就不停地哭，我说我怕蚂蟥咬，妈妈说，今天没事，早晨我刚刚打了化肥，蚂蟥怕化肥的气味，不敢出来了。

听了妈妈的话，我喜出望外，就高高兴兴地下了田。多了两个姑姑插秧，秧苗需求量大大上升，我和两个哥哥拔得头也不敢抬。

我正拔得专注，无意中抬起腿，赫然看到腿上趴着好几条粗粗长长的绿花蚂蟥。我吓得"啊"地尖叫一声，抛下手里的秧把就往田埂上跑。说什么也不肯再下田了。

妈妈又担着空筐来挑秧苗了，少了一个人拔秧，秧苗更加不够插了。妈妈见我不肯下田，就说：刚才两个姑姑还说，小霞拔的秧，捆得最整齐，洗得也最干净，比两个哥哥拔的秧好插多了。爸爸也说我们家小霞人最小，做事情还最好……

妈妈后来又不知从哪里弄来一点盐，抹在我的腿上，妈妈说蚂蟥怕盐味，抹了盐就不咬了。

当时腿上被蚂蟥叮咬过的伤口还在流着血，可是我却用田沟里的水洗了洗伤口又下田拔秧去了。

拔秧的时候，回味着姑姑们和爸爸夸赞我的话，心里甜滋滋的，竟不觉得日头的毒辣和田水的滚烫了，越拔越有劲。事实证明，腿上抹盐也不能完全防蚂蟥，我的腿上后来又叮上好几条蚂蟥，可是奇怪，我竟不是特别恐惧了，用秧根使劲把它们拍下来，又继续拔秧了。因为，我的耳边，总是萦绕着姑姑和爸爸的话：小霞人最小，做事情最好……

多年后，我努力考学跳出了"农"门，再也不用光着腿去水田里拔秧了。然而，七岁时的那一幕常常在眼前映现。现在想起来妈妈那句鼓励我

的话，也许是她为了哄我继续拔秧而编出来的。可就是这几句话，竟成了可怕蚂蟥的"克星"。

有一个真实的事件，一位母亲用她的鼓励，将孩子从愚钝的多动症患者变成一位清华大学的学子。这个孩子在幼儿园时，一次开家长会，老师毫不留情地对母亲说，你儿子有多动症，三分钟都坐不住！大庭广众之下的母亲非常羞愧，但她还是鼓励孩子说，老师说你有了进步，原来一分钟都坐不住现在能坐三分钟了！孩子听了非常开心，在母亲的鼓励声中，渐渐克服了多动症的毛病。

孩子天生不聪明，上小学时家长会上，老师说，你的孩子成绩很差，这次考试第 50 名。母亲忍住羞愧鼓励孩子说，老师说你有进步，再努力一些就能赶上你的同桌啦，他是 25 名！于是，孩子朝着第 25 名这个目标努力。

上初中时，孩子从差生名单上消失了。高中时，老师说，你的孩子成绩还可以，但考取重点大学不太可能。母亲鼓励孩子说，老师说你成绩很好，只要再努力一些考上重点大学没有问题！孩子更加默默奋发。高考放榜，孩子出乎所有人预料，被清华大学录取！母子抱在一起哭了，母亲说，孩子我等这一天太久了，儿子说，妈妈，我知道我不够聪明，如果没有你一直鼓励我，我……

著名教育家陶行知说，幼儿如幼苗，必须培养得宜，方能发芽滋长。给予孩子的鼓励如同往渴水的小苗上泼洒滋润的清霖。

一句鼓励声，能让林清玄从平凡的乡村孩子成长为享誉世界的作家；一句鼓励，能让七岁孩子消除对蚂蟥的巨大恐惧；一句鼓励，能让多动症患儿变成清华学子。

往往，我们就为了那一句鼓励的话，信心十足地扯起人生的风帆，扬帆远航。

尊重自己，赢得尊重

▶ 文 / 林萱

> 傲骨不可无，傲心不可有。无傲骨则近于鄙夫，有傲心不得为君子。
>
> ——张潮

近日，奥运游泳冠军孙杨将飞赴云南昆明进行高原冬训。

虽然有关方面表示，此次同意孙杨随队上高原训练，是释放出的一个积极信号，是对孙杨前段时间表现的初步肯定。

不管怎样，这样的"初步肯定"，对于因违纪和无证驾驶，而被处以停训、停赛、停止商业活动"三停"处罚40多天后的孙杨，也算得上是拨开人生的雾霾，看到了一丝冬日的阳光。

俗话说："人不怕犯错误，怕的是一辈子做错事。"也正如国家体育相关管理部门说的那样：我们允许年轻运动员犯错误，但是他们不可以重复犯同一个错误！国家培养一个运动员的最大价值就是为国争光，但是"为

国争光"的前提是"做个好人"，懂得尊重自己，为己增光。

2013 年 11 月 3 日，奥运游泳冠军孙杨驾车在杭州市中心与一辆公交车发生刮擦，虽然此次事故公交车负主要责任，但孙杨因为无证驾驶而被交警带走调查。

新交规规定，无证驾驶将被处二百元至二千元罚款，并处 15 日以下拘留。杭州警方并未以孙杨是公众名人而"网开一面"，而是处以罚款二千元并拘留七天的处罚。

国家游泳中心的处罚是包括，暂取消参加国内外一切比赛资格，暂不参加国家队集训，不代表国家队参加任何社会行动和新的商业活动。游泳中心还在处理决定中写道："孙杨目无国家法规，多次严重违反运动队管理规定，严重损害了国家游泳队和中国运动员形象。"

国家体育总局游泳运动管理中心也宣布，取消孙杨国内外比赛资格，开除出国家队！

这样的惩罚，不可谓不严厉！

但国家游泳中心同时也表示，这样严厉的处罚不是目的，而是希望孙杨能通过严厉的处罚更快地正视错误反省自己，中心会根据孙杨的表现和反省态度而调整，前提是孙杨要认识到自己的问题，且有所改变。

其实，从这里我们不难看出，国家游泳中心是本着"惩前毖后，治病救人"的态度来处理此事。

作为一名 90 后男孩，孙杨比绝大多数同龄人都拥有幸运而辉煌的人生——奥运会"双料"冠军、世锦赛"三冠王"、CCTV 体坛"最佳男运动员、2012"年度榜样"、"2012 青春领袖"、"2012 年度浙江骄傲人物"、2012 年收入 3030 万元……

可以说其中任何一项都是一般 90 后想都不敢想的梦想。但这些，都被孙杨这个刚刚 20 出头的 90 后占全了。说他"万千宠爱集于一身"，实不为过。

然而，也许正是"宠"爱过头，才使得他有些"恃宠而骄"。浙江体育职业技术学院在处罚决定中表示，在孙杨无证驾驶前，就未请假报批擅自延长休整期不参加系统训练，不理睬学院有关领导多次劝阻，并私自出国旅游。

另外，再加上孙杨高调曝光恋情、频繁出席商业活动、与教他10年之久的教练发生冲突并要求更换教练致使教练旧病复发等等负面事件，让孙杨在公众心目中"阳光""正面"的榜样形象受损。

其实与孙杨有过类似经历的还有被誉为"中国冰刀头号明星"的王濛。王濛是中国女子短道速滑队运动员，2006年年仅22岁的她在都灵冬奥会上获得500米速滑金牌，2010年又在温哥华冬奥会上成功卫冕，成为中国卫冕冬奥会冠军第一人。

正是在都灵冬奥会上斩获金牌，让年轻的王濛"万千宠爱集于一身"。这些过多的"宠爱"，同样让年轻的王濛"恃宠而骄"。当时中国短道速滑实力并不是特别强劲，只有王濛的500米速滑是一个夺金点。当时已是"头号冰刀"的王濛，在队里无人敢惹。年轻气盛的她，在2007年初亚冬会1500米决赛后，王濛公开质疑主教练李琰的比赛战术，甚至提出要舍国家队而去地方队训练。由于比较跋扈的言行，致使她被取消参加短道速滑世界锦标赛和世界团体锦标赛的资格。

好在心绪平和之后的王濛，很快意识到了自己言行的不妥，她率真地公开道歉：我为我的年轻、冲动做出了不理智举动而感到歉意，这是成长的代价！虽然国家以它博大包容的心胸宽容了我，一如既往地爱我、培养我，但我内心一直在深深自责。我只能说，我会用我以后的成绩来报答国家，绝不再让所有关心和爱护我的领导、教练和朋友为我担心和失望。

她果然没有让关心她的人们失望——在2007—2008赛季，王濛在意

大利都灵女子 500 米小组赛中滑出了 43 秒 326 的成绩，第一次刷新世界纪录；在加拿大站，她又滑出了 43 秒 286 的新纪录；在美国盐湖城站，再以 43 秒 266 改写了世界纪录！

而这一切的成绩，很大程度上归功于教练李琰的呕心执教。2010 年 2 月 17 日，王濛在温哥华冬奥运会实现了短道速滑 500 米金牌的蝉联。在赛场上，激动的王濛当着看台上全体观众的面，向教练李琰磕头致歉并致谢！

那一幕，感动了许许多多场内场外的人！那一刻，王濛用自己的努力与行动，涤净了自己年少轻狂的往昔。

这不禁令人想起现代著名作家沈从文的小学老师对少年沈从文讲过的那句话："一个人只有尊重自己，才能让别人尊重你！"这句话让沈从文牢记了一辈子，并警示他从一个标点符号都不太会用的贫穷少年成长为一位著名作家。

小时候的沈从文家境贫寒，家里好不容易凑点钱将他送入学堂，可是他却因迷恋看木偶戏而常耽误读书。又一个上午，沈从文实在抵挡不了木偶戏的诱惑，独自逃学去看木偶戏，精彩滑稽的木偶戏让沈从文忘记了时间，一直到落日熔金之时才跑回学校，发现早已放学。第二天，老师气得罚他跪在一棵树下，说："这棵小树都知道一天天地努力往上长，你却不思上进，甘愿做一个没出息的矮子。一个人一定要往自己脸上抹黑，任何人都救不了。一个人只有自己尊重自己，才能得到别人的尊重！"

老师沉痛而殷切的话语让少年沈从文深受触动，他发誓再也不逃学了。虽然后来因为太过贫寒，他小学尚未毕业就辍学了，但他一生从未放弃过学习。不断的努力，让他终于成为 20 世纪中国最优秀的文学家之一，一生创作的结集有 80 多部，是现代作家中成书最多的一位。

同样地，温哥华冬奥会上的王濛尊重了自己，同时也赢得了人们的尊重！

那么，回到 22 岁的孙杨身上来，"一个人只有尊重自己，才能让别人尊重你"这句话同样适合于告诫游泳冠军孙杨。

"人不怕犯错误，怕的是一辈子犯错误。"孙杨还处于旭日东升的人生早晨，犯些错误不可怕。过而能改，善莫大焉。

想起，2012 年 7 月 28 日的伦敦水上中心，孙杨，这轮年仅 21 岁的"中国太阳"，光耀全场！人们呼喊着"SUN"，太阳！无数人都记住了孙杨夺冠后毫不掩饰的"王者之气"——张开双臂，挥舞拳头，吼声如雷！他豪迈地说："我要用金牌说话，我们中国人会赢得漂亮！"

想起，2012 年春节，为了备战伦敦奥运会，孙杨只能在澳大利亚过年，佳节思亲，孙妈妈想到孩子在异国他乡不能相见，又想到教练又要当教练又要当父母，恐怕难以照顾周全，她也很想做几个菜给孩子吃吃。她只身飞往澳大利亚去看孩子。

想起，孙杨最爱吃的零食是国内的小核桃，可是在澳大利亚却买不到。孙妈妈去澳大利亚前，准备了好大一包小核桃，飞越近万公里，带到孩子手里。孙杨在吃着妈妈带来的浓香小核桃时，也感受到母亲对他浓得化不开的爱。

想起，2012 年母亲节，他与母亲天各一方，但深情的一句话，让母亲泪湿了眼眶。他说："妈妈，这些年辛苦了，儿子不会让您失望的！同时我也祝天下所有的母亲，母亲节快乐！"

"祝福天下所有的母亲"，孙杨真的长大了，他懂得了"老吾老以及人之老"的道理。

那么，相信他更能懂得"只有尊重了自己，才会赢得别人尊重"这个道理，也更懂得"为国争光"的前提是——做个好人！

懂得了这个道理的孙杨，当他再次在碧波中劈波斩浪、在赛场叱咤群雄、在荣誉的颠峰默唱国歌之时……他也会再一次赢得所有人的尊重。

第三辑

Chapter Three

Weimei
Yuedu

唯美阅读

言宜慢，心宜善

▶ 文/朱国勇

> 先天下之忧而忧，后天下之乐而乐。
>
> ——范仲淹

公元前77年春，正逢大汉盛世。山东昌邑城内，酒肆林立，商贾如云，好一派繁荣景象。

太平楼，昌邑城内最热闹的一家酒楼。二楼临窗，一个年轻人穿着青布长衫，面容白皙俊朗，独自占了一张小桌。两碟小菜，一壶白酒。年轻人自斟自饮，不时凝神看着窗外，眉宇间隐现忧思。窗外，柳色清新，一条小河清粼粼地穿城而过。

这位年轻人姓王名吉，山东琅琊人氏。本是云阳县令，因为通经明事贤名远播，三个月前，被调到昌邑王府中担任中尉，由七品升到了五品，可谓是"平步青云"。

可是，这位昌邑王刘贺，虽然是汉武帝的嫡孙，却荒淫无度喜怒无常，身边聚集的全是一些溜须拍马的小人。王吉虽然升迁了，但是在这样的主子手下为官，再摊上这么一班同僚，还真说不上是福还是祸呢！

胸中抱负不展，周围人际关系复杂。这次来太平楼，王吉算是借酒浇愁了。

半壶白酒下肚，王吉微微有了酒意。他忽然发现，邻桌有一位老者正微笑举杯向他示意。老者衣衫素净，儒雅亲和。王吉一见就心生好感，连忙起身请教。

两桌并成一桌，两人谈诗论史，一见如故。转眼间，一壶白酒就见底了。

老者端起酒杯一饮而尽，试探问道："小友似有心事？"

王吉听了，默默无语。

老者手捋长须，沉吟了一下，又问："小友现今是从商，还是为官？"

王吉恭声回答："晚生本是云阳县令，一直勤勤恳恳，也小有贤名。三个月前，突然被调到昌邑王府中担任中尉。府中……人……事生疏，所以有些烦恼。"

老者的眼睛一亮，随即，酣然大笑："你不必细说，我全明白了。我送你三个字，可以保你从此顺顺畅畅。"

"哪三个字？"王吉满脸疑惑。

"言——宜——慢！"老者看着王吉，慢条斯理地道出这三个字，乌黑的眸子里似有深意。

"言宜慢？"王吉细细地品味着这三个字，若有所悟。

等王吉回过神来，老者已飘然而去，不知所踪。

从那以后，王吉谨记老者教诲，勤于政务，三思而后言。在暗流涌动的昌邑王府中，居然平平安安，数次均有惊无险。

由于低调与勤政。公元前 73 年，王吉被汉宣帝刘询任命为谏议大夫，专门评议政事、弹劾失职官员。此时，王吉成了朝中重臣，位高权重门庭若市。

一个人静下来的时候，王吉常常想起太平楼上的那位老者。一句"言宜慢"，普普通通的三个字，真是让王吉受益匪浅啊。

公元前 67 年，王吉回故乡琅琊省亲，又路过昌邑城。忽然，有位老者自称是王吉的故人，挡在了官道中间，要求与王吉见上一面。王吉走下官轿一看，只见一位老者须发如墨儒雅亲和，正含笑看着自己。

竟然就是，十年前，太平楼上的那位老者。

王吉心中大喜，躬身向前，行晚辈礼。

"十年前，太平楼上，得前辈一句教诲，晚生可以说是终生受益。"王吉作揖跪地，朗声说道："谢谢前辈教诲之恩。"

老者哈哈大笑，上前扶起王吉："十年前，我送你三个字，已经保你十年顺畅。今天，我再送你三个字，你若能遵从，可以保你一世无忧。"

王吉一听，面色立即郑重起来，轻声问老者："哪三个字？"

老人贴近王吉耳边，也轻声说道："心宜善！"

声音虽轻，王吉听在耳中，却心中一震，背上冷汗淋漓。

担任谏议大夫这些年来，虽然总体来说王吉还是能勤政为民，但是偶尔，王吉也会党同伐异，擅用职权弹劾政敌。比如说长史赵珞，就因为与王吉政见不合，被王吉恶意弹劾，最后被罢官归乡，不久就郁郁而终。

王吉擦了一下额头的冷汗，抬起头来，只见老者已飘然而去，走出老远。

探亲归来，王吉认真地反省了一下自己这几年来的所作所为，越想越是惭愧。

　　从那以后，王吉就像变了一个人似的。不管什么事，都严格要求自己。言宜慢，心宜善。清正廉明，仁慈宽厚。最终，成为西汉的一代名臣。

　　据后人传说，太平楼上的那位老者，就是隐居于昌邑的，汉武帝时著名宰相公孙弘。

　　"言宜慢，心宜善。"这句经典的话，从此，就被王吉列为王氏家规代代相传。所有王吉的子孙都要谨听之、慎行之。自东汉至明清，这1700多年间，王吉的后人中，《二十四史》中有明确记载的，就有36人被封为皇后，35人成为驸马，186人担任宰相！

　　琅琊王氏，也因此成为中国历史上最为显赫的家族，被称为中华第一望族！

　　是啊！年轻时就该"言宜慢"。这样才能深思熟虑少犯错误，从而保护自己谋求发展。而人到壮年，心智成熟、实力雄厚，这时就应该"心宜善"。这样才能少树敌手，泱泱有长者风范，受人尊崇。

齐威王兼听则明

▶文／朱国勇

> 尽管责任有时使人厌烦，但不履行责任，只能是懦夫，不折不扣的废物。
>
> ——刘易斯

春秋战国时期，中原大地上群雄割据，战火纷飞，百姓生活十分艰苦。然而，这又是一个百家争鸣英雄辈出的年代。齐威王就是这时期的一位神武明君。

齐威王姓田，名因齐，公元前 365 年继承王位。

齐威王继承王位之初，得意忘形，狂纵无度，每天只知吃喝玩乐，并派出大量使者去全国各地挑选美女。他尤其迷恋弹琴，经常独自关在宫殿内抚琴自娱。国家大事，他不闻不问，地方事务则交给卿大夫（地方官员）全权处理。

过了不久，就有大臣不断来汇报："即墨地方的大夫，十分缺乏管理才能，把即墨治理得一团糟；而且横征暴敛贪赃枉法，老百姓怨声载道。恳请大王把他革职查办。"又有许多大臣来说："阿地的大夫，为官清廉。在任期间，体察民情，一心为公，十分操劳，甚至生病卧床仍不忘政务。并且在赵国进攻我国时，寸土不失，守土有功，乃是大功之臣，请大王予以提升。"齐威王听了微微一笑，不置可否。

半年后，齐威王大宴群臣，把 72 名地方大夫招到都城论功行赏。他对即墨大夫说："自从你到即墨任官，每天都有指责你的话传来。然而，我派人去即墨察看，却是田土开辟整治，百姓丰足，政府官员各守其职，东方因而十分安定。于是我明白了大臣们指责你，只是因为你不肯贿赂他们。"于是封赐即墨大夫享用一万户的俸禄。

齐威王又召见阿地大夫，对他说："自从你到阿地镇守，每天都有称赞你的好话传来。但我派人前去察看阿地，只见田地荒芜，百姓贫困饥饿。当初赵国攻打鄄地，你不救；卫国夺取薛陵，你竟然毫不知情。于是我知道你是用重金买通我的左右近臣，所以他们才替你说好话！"

原来，那些派往各地挑选美女的使者名为选美，实际上是在暗暗考察地方官员的贤愚。即墨大夫与阿大夫的为官情况，齐威王早已查得一清二楚。

齐威王命人在大殿之外支起大油锅，烧起熊熊烈火，把阿地大夫投入锅中烹杀，替阿地大夫说好话的 17 名大臣也被一同烹死。

剩下的大臣们毛骨悚然，他们这才明白齐威王表面上吃喝玩乐不理朝政，实际上是早已在暗中考察群臣了！从此，大臣们再也不敢弄虚作假，都尽力为国为民做实事。齐国因此大治，成为当时最强盛的国家。

兼听则明，偏听则暗。遇到事情时，我们一定要多做调查研究，千万不能听信一面之词。

秉大义而疏小节

▶ 文 / 朱国勇

> 事成于和睦，力生于团结。
>
> ——维吾尔族谚语

　　北宋熙宁四年，苏轼去拜访宰相王安石，恰逢王安石在前厅会客，苏轼便来到书房等待。只见书案上写着两句诗：明月当空叫，黄犬卧花心。苏轼看了，不由哑然失笑。虽说王安石作诗喜作巧语独辟蹊径，但也要尊重自然规律吧。这明月哪里会叫，黄犬又如何能卧于花心？不通，不通之极！想着想着，苏轼不免技痒，他举起笔来，泼墨挥毫，把这两句诗改为：明月当空照，黄犬卧花荫。这改得还真精当，苏轼看笔墨淋漓的这几个大字，心中得意，把笔一扔，扬长而去。

　　王安石归来一看，就动了气，这个苏轼，自恃才高，得给他点教训。于是上奏神宗，把苏轼贬到了湖州。到了湖州，苏轼才发现，这里有一种鸟，名叫"明月"，又有一种花虫，名叫"黄犬"。王安石的那两句诗根本没错。苏轼惶恐不已，悔不当初啊！

这王安石的心胸未免也太狭隘了吧。苏轼能够自由进出宰相王安石的书房，足见两人交情匪浅。区区两句诗，你就翻脸不认人了！王安石年长苏轼十来岁，你完全可以把苏轼叫过来，给他解释一下这两句诗，我想，苏同学同样会惭愧不已。苏轼当时是翰林院学士、礼部尚书（正部级，政治局常委），一下子就贬到了湖州任知府（正处级），连降三级还不止。这也做得太过了！

到了湖州后，苏轼心中十分不满，常写些诗来讽喻时政。他在诗中讽刺王安石领导的新党为"新进""群鸟""生事"等。不巧，这些诗被苏轼的对头李定、舒亶、何正臣等人获悉。他们上奏朝庭，为苏轼扣上了"不满朝政""讽喻圣上"这两顶大帽子。苏轼立即就被关进了乌台监狱。大批政敌纷纷要求处死苏轼，苏轼危在旦夕。

就在这危急关头，王安石挺身而出，他以宰相之尊，上书说："安有圣世而杀才士乎？"宋神宗接纳了王安石的建议，赦免了苏轼。

说实话，苏轼对王安石很不满。王安石也不是不知道。但是，关键时刻王安石却能冰释前嫌，挺身而出，表现出了高贵的人格情操。

这我就奇怪了，一前一后，王安石的表现也相差太大了吧，简直就是水火两重天。难道说，王安石具有分裂性人格，时而卑鄙，时而高尚？

直到有一天，我读了台湾大学吴天方教授所著的《中国古代文人人格类型考略》，我才终于明白了其中的原委。

原来，中国古代文人，或多或少，都有一个共同的人格特征，那就是"秉大义而疏小节"。比如，弥衡会几个月不洗澡；王猛边捉虱子边和将军桓温谈论国事；还有那个庞统，披头散发，也不知道打理一下。王安石也是这样，他不讲卫生，衣服很少换洗，酸臭难闻，就连脸染了黑灰，也不

知道洗一下。这些都是小节，名士们才不在乎。

苏轼当时年轻气盛恃才傲物，贬到湖州，就当给他个教训。反正我王安石是宰相，等你历练够了，再把你调回来就是了，于苏轼并无多大损害。在王安石看来，这属于"小节"，所以无所谓，贬就贬了。但是"乌台诗案"，这关系到"不臣之心"这样一个人伦大节，更关系到苏轼一家老小几十口的性命，这样的"大义"王安石一定要坚持。

疏小节，才能够悠然自得，不为生活所累；秉大义，方能一身正气千古垂范。这是中国古代文人的共同特征，也是我们每一个现代人应该学习的行为规范。

"位子"

▶ 文 / 朱笑寒

> 荣耀地位会改变习性。
>
> ——普卢塔克

　　成都境内有座四姑娘山，半山腰上原来有一座小庙，庙里有一个老和尚带着几位徒弟。庙虽然不大，但是一年四季游人如织，香火鼎盛，师徒几个日子过得很是滋润，除了诵经念佛，整天无忧无虑。

　　突然有一天夜里，轰的一声，大殿上供奉的两米多高如来佛像，不知怎么的跌了下来。这佛像外面涂着金漆，里面却是泥胎，一下子摔得粉碎。等到师徒几个闻声赶到大殿时，只见一地的破泥块，放佛像的地方空空如也，只剩下两个原来摆在佛像两旁的小塑像，一个是金童，一个是玉女，两尺来高，笑嘻嘻的，一副粉妆玉琢的娃娃相。

　　明天就是一年一度的禅会，香客会更多，没有了佛像，这可怎么办呢？小和尚一个个没了主意。倒是老和尚还算镇定。他指挥几个小和尚把

散落的泥块搬了出去，忙活了大半夜，终于把大殿打扫干净了。

老和尚看了看，把玉女像丢到了柴房，又把金童像摆在了佛像的位置上，然后朝着徒弟们挥挥手，睡觉去吧。

徒弟们心中纳闷，这个金童像，矮小不说，嬉皮笑脸的，哪能充作佛像呢？明早香客来了，还不炸开了锅，哪还肯跪拜，捐献香火钱呢？

没想到，第二天，一切都和平常一样。青烟缭绕，香客如云，人们在跪拜的时候，依旧念念有词，一脸的敬畏与虔诚。到晚上，清点香火钱，一点也没见少。

老和尚笑了：人们有一个特性，不管是谁，只要坐在神的位子上，他们就对谁顶礼膜拜。

小和尚感慨不已，看来位子才是硬道理，至于位子上坐的是个什么东西，是怎么登上这个位子的，似乎并不重要。

做一颗鸡蛋

▶ 文 / 朱笑寒

> 生当作人杰，死亦为鬼雄，至今思项羽，不肯过江东。
>
> ——李清照

"我认为誓死不屈、最后献出自己生命的志士非常高贵。政治不能一味做志士，但是如果政治人物里一个志士都没有的话，活着又有什么希望呢？政治人物多少要有志士的气概，成就有理想的政治。我决定要成为问心无愧的总统。"

这句话，掷地有声慷慨动情，是韩国前总统卢武铉说的。5月23日清晨，正在接受受贿调查的卢武铉在住宅后山上跳崖身亡，终年63岁。29日清晨，卢武铉的遗体告别仪式在首尔市中心的景福宫举行。包括现任总统李明博，前任总统金大中、金泳三，以及政党、政府各界要人，各国驻韩使节，共计2000多人出席，悼念者累计已超过百万。

关于卢武铉受贿的是非曲直，目前还没有定论。但是在网上，卢武铉

已经获得了极大的支持与同情。相信他的人占绝大多数。

卢武铉的书房里很醒目地挂着一幅中国的书法作品，上面龙飞凤舞地写着五个字：做一颗鸡蛋。卢武铉曾多次在公开场合说，做一颗鸡蛋，是他的人生信条。

这句话真让人费解了，到底是什么意思呢？

这还得从他的童年说起。

卢武铉，1946年8月6日出生于韩国庆尚南道金海市一个农民家庭。从小学开始，卢武铉就特别聪明，被誉为天才。但是父母体弱兄弟众多，家境贫寒得温饱都成问题。1959年考入国中时，因为没有学费，他停学两个多月，直到家里卖了桃子交齐学费后，才返回学校就读。国中二年级后，又由于没法筹集学费，休学了一年。

打开卢武铉的国中生活记录簿，全部课目中三年期间几乎全部取得"优秀"（A），只有体育课成绩经常打个"不及格"（D），因为他长期的营养不良，身体实在太弱。卢武铉去世后，一名记者看到了这份生活记录簿后，当时就哭了。

国中三年级时，由于家境更糟糕，他放弃了学习。就在他对生活、学习几乎绝望的时候。他的一位老师找到他，鼓励他进行自学。

老师说："一锅沸水里，放入几根萝卜，很快就化了；但是放入几颗鸡蛋，鸡蛋却慢慢变硬了。人生的逆境就是这沸水，我们每一个人要做的，不是逃避，而是选择做一颗鸡蛋。在沸水中炼出一颗坚强的心。"

卢武铉大受启发，开始了艰苦地自学，并在一年后，成功报考釜山商业高中。因为这是一所公立学校，不收学费还能领到奖学金。在釜山求学时，卢武铉靠在办公室值夜班，吃方便面，解决了吃住问题。不值夜班时，就睡在教室地板上。即使这样，高中毕业时，他也没能参加高考，而是选择了就业。

1966 年，皇天不负有心人，他在司法考试中合格，成为一名普通的基层税务人员。从此开始了自己的政治生涯，一步步地成长为韩国历史上第一位平民总统。

回首卢武铉的一生，他一直都是一颗沸水中的鸡蛋。这种鸡蛋精神与他的"志士"情怀，某种意义上讲，有着相通之处。虽然如今他无奈地选择了离开，但是我们有理由相信，历史会给他一个公正的评价。

不管最终真相如何，他的这种"做一颗鸡蛋"的精神，永远值得我们学习。

书生与江湖

▶ 文／朱笑寒

> 善恶的区别，在于行为的本身，不在于地位的有无。
>
> ——莎士比亚

　　有两条线，始终贯穿着中华五千年的文明史。一条线是明线，叫书生气；另一条线是暗线，叫江湖气。随便哪一本史书，一眼看去，都是书生；细思之下，又全是江湖。在中国历史上，所有的书生都是演员，所有的导演都是江湖。这些导演一般不登台亮相，就算登台了，他们也只会展示自己书生的一面。他们潜藏于历史的暗处，不经意中显露的一鳞半爪，便已经左右了历史的局势。

　　书生讲究的是节。"富贵不能淫，贫贱不能移，威武不能屈。""达则兼济天下，穷则独善其身。""风声雨声读书声，声声入耳；家事国事天下事，事事关心。"无论哪一句，都昭示着响当当的气节。江湖讲究的是义。"四海之内皆兄弟也。""养兵千日，用兵一时。""在家靠父母，出外靠朋友。""士为知己者死，女为悦己者容……"这些话，听着豪气，但仔细一想，却都透着赤裸裸的实用主义。关键时候，能为我所用，这才是江湖的本质。

书生的"节"是真的，而江湖上的"义"多半是假的。所以，田横一死，五百壮士都自刎追随。而宋江，兄弟们都死了三分之二了，他还有心思要衣锦还乡。"人在人情在，人去人情败"是江湖上最真实冷酷的注脚。

书生要的是虚名，江湖图的是实利。所以，谭嗣同说："各国变法无不从流血而成，今日中国未闻有因变法而流血者，此国之所以不昌也。有之，请自嗣同始。"所以，项羽说："纵江东父老怜而王我，我何面目见之。"你看，都什么时候了，项羽还放不下一张脸。要是换成江湖，则一定会说："留得青山在，不怕没柴烧。"书生说："十八年后，我又是一条好汉。"江湖则说："好死不如赖活着。"书生说："王子犯法，与庶民同罪。"江湖说："识时务者为俊杰。"

书生认死理，江湖知变通。所以，书生若是当个幕僚，也许还能出谋划策决胜千里，真要是自己做了大当家，多半是以悲剧收场。比如光绪皇帝临死时，还要大叫一声，慰亭（袁世凯）误我！其实，误他的哪里是袁世凯。只要光绪皇帝的书生气不改，他就永远斗不过慈禧这只老江湖。

书生以为别人都是书生，而江湖，一眼就能看穿谁是书生谁是江湖！所以，书生是万万斗不过江湖的。明朝的"东林惨案"就是明证。

当时，东林党盛极一时。首辅刘一燝（相当于宰相）、叶向高（副宰相），吏部尚书赵南星、礼部尚书孙慎行、兵部尚书熊廷弼、都是东林党人。可以说明朝的军事、政治、文化、监察和人事大权全都被东林党掌握。而魏忠贤只是东厂总管，势力并不大，他被称为"九千岁"是东林党倒台以后的事。天启四年，左副都御史杨涟上疏弹劾魏忠贤二十四宗大

罪，朝中70多名东林党要人上疏声援。

战斗就这样打响了。可是这些书生只知道上疏，哪里懂得江湖上的手段。魏忠贤先是假传圣旨，然后指使锦衣卫给这些东林党人罗织罪名。没几个月时间，这些东林党人，要么被罢官，要么被杀害。受此案牵连被杀害的共一万多人。战斗顺利得连魏忠贤自己都感到意外，这些书生咋就不会反抗呢？这些书生咋就只会写奏章呢？

位极人臣的都是书生，而开国君王都谙于江湖。诸葛亮是书生，刘备是江湖，所以刘备死后，仍然能驾驭诸葛亮，让他鞠躬尽瘁十多年。

书生敬重书生，而即便是江湖客，也不喜欢别人太江湖！所以皇帝打下了江山，总要杀戮功臣，换一批书生来治天下。只有书生才好用，用了心里才踏实。当初打天下的一班老兄弟绝不能用，太江湖了！

社会需要书生，但是书生多半落魄。

最可怕的人，是书生突然热衷于江湖。最可敬的人，是江湖客幡然看破了世事，避居山野，捧起了圣贤书。

愿所有的书生，都能读懂江湖；愿所有的江湖客，都能浪子归来，做一名青衣书生……

贪心实验

▶ 文 / 己阳

> **不知道渡口，千万别下水。**
>
> ——赫哲族

一次，有黑、红、白的三只老鼠帮助土地神逃过了灭顶之灾。为了表示感激之情，土地神答应给三只老鼠一种特殊的奖赏：你们能挖土多么深，多么深的土层就属于你的领地。

土地神警告它们，不要过于贪心。如果挖得过深，你们将难以返回地面而葬身地下。

这种奖赏令三只老鼠高兴万分，于是它们都使尽了全身的力气挖洞。至于挖多深的洞才是安全的，它们并不清楚。它们只能凭感觉，在它们看来，挖洞是它们的特长，它们可以挖到很深的地方，剩下一半的力气就可以安全地返回到地面上。

黑老鼠挖洞的速度很快。过了许久，它已经挖到了很深的地方。它感

到十分兴奋，一想到它所挖的深度，就是它的领地，它的力量就源源不断地涌出来。不知过了多久，它觉得自己的力气已经用去了一半。它决定休息一会儿，然后返回地面。对于它来讲，这么深的土层已经足够用了。

不一会儿，它的体力恢复了许多。它想，再挖一会儿也不会有什么危险。要不然，这样返回去太可惜了，于是，它又挖了许久。当它觉得有些累了的时候，开始提醒自己：不要再向下面挖了，如果不能返回地面，一切都完了。于是，它想沿着原来挖的路线向地面方向返回。

此时，它犹豫了。它想，现在也许红老鼠和白老鼠正全力向地下挖土呢，如果自己这样返回去，可能是挖得最浅的一只老鼠。那么获得的领地也是最浅的，也就最没有面子。

想到这，它决定冒险再向下挖一阵子。又挖了许久，黑老鼠觉得身体很疲乏，有些吃不消了，它明白现在已经有一些危险了。不过，它又咬了咬牙，心想：反正已经冒险了，索性就再冒一步险，将土层挖得更深一些。

尽管它时时感觉到危险，但是，黑老鼠总是能找到各种理由激励自己向更深的土层挖下去。

不知过了多久，它失去了知觉，它累死了。

红老鼠的经历与黑老鼠大致相同。它也累死了。

只有白老鼠活了下来。

土地神觉得十分伤感的同时，也感到一丝安慰。它想，这个世界上到底还是有不贪心的老鼠呀。它决定大力宣传白老鼠的事迹，告诉大家不贪心才是正确的生活选择。

于是，土地神迫不及待地问白老鼠是怎么想的。

白老鼠冷冷地回答道："难道你没有发现我的两只手是残废的吗？"

投票选大王

▶ 文 / 己阳

> 真理之所以为真理，只是由于它是和毛病和虚伪对峙的。
>
> ——车尔尼雪夫斯基

上帝拟重新选拔动物界的大王。经过层层筛选，最后剩下老虎、黑熊、狐狸、黄羊等四位候选者。上帝决定用大家投票的方法，决定谁是大王，每位动物推荐两个名额。

投票开始了，四名动物都陷入沉沉思考之中。

老虎想，得投自己一票，这是天经地义的。那么另一票投给谁呢？投给黑熊不行，黑熊这家伙近些年加强了自我训练，其勇猛程度同自己接近，是自己竞争大王的一个强劲对手，所以坚决不能投票给它。狐狸这家伙诡计多端，不可轻视，不能投票给它。黄羊历来属于弱者，上帝不可能看中黄羊，投黄羊一票最有道理。于是，老虎投了黄羊的票。

黑熊想，老虎过去是公认的动物王国的大王。这次竞争大王，面前最

大的障碍是老虎，坚决不能投票给老虎，否则就是天生的大傻瓜。而狐狸这家伙一直野心勃勃，城府很深，还是防着点为好，至于黄羊嘛，一个窝囊废，傻瓜也不会让黄羊当大王。于是，它也投给黄羊一票。

狐狸想，论勇敢、论力气、论名声自己都不能与老虎黑熊相提并论，那两位身强体壮，威风八面，自己实在比不上。不过，自己脑子比较灵，点子多，应扬长避短。投票的学问太大了，老虎、黑熊你们有能耐，我偏不投你们的票，你们有何办法。于是，狐狸决定投黄羊一票。

黄羊想，自己与其它三位动物相比，实力差得太远。这大王一职，与自己无关，但手中有两张票的权力，于是它决定先投虎大王一票，因为虎大王确实够大王的标准，大家都服气。还有一票就投给了略差一些的黑熊。

投票结束，上帝公开投票结果：黄羊得三票，列第一名，老虎、黑熊各得二票，并列第二名，狐狸一票，列第三名。上帝决定由黄羊担任动物王国的大王。

老虎、黑熊、狐狸面面相觑，惊异万分又无可奈何。

黄羊则惊呆了，它万万没有想到，这大王的桂冠会落到自己的头上。它想推辞不干，上帝制止了它。上帝说这是大家的意图，不能违背。

于是，黄羊当上了动物王国的大王。

秃头王国

▶ 文 / 戊沈

人类通常像狗，听到远处有狗吠，自己也吠叫一番。

——伏尔泰

　　不知是什么原因，虎大王得了脱发的毛病。它头上的毛发先是一根一根地掉，接着便成缕地谢，后来竟成片地脱落，一发不可收。不消多日，虎大王那只圆圆的大脑袋就变成了光闪闪的大灯泡，难看极了。

　　虎大王为此十分苦恼。它想，自己身为百兽之尊，竟然患了如此不雅、有碍美观的怪病，真不知何时作孽了。

　　虎大王变成了秃头，这在动物世界中引起了很大的震动。动物们议论纷纷，许多动物认为这是不祥之兆。只有狐狸在暗地里露出了得意之笑。很快，狐狸也变成了秃头，那秃头的亮度几乎和虎大王的一样。

　　这个消息很快传到了虎大王耳中。虎大王心想，真是老天有眼，真的还有与自己同病相怜的。于是它赶紧召见狐狸，虎大王问："狐狸，你怎

么变成秃头了。"狐狸不假思索地答道："虎大王，秃头乃山神赐予动物的福气。山神首先把福气赐给了虎大王，托虎大王的福，我也变成秃头了，这是虎大王赐的福。"

虎大王听了狐狸的话，心花怒放，心里的乌云一扫而光。它立马从大王椅上走下来，扶起跪在地上的狐狸，说："你真是我的知音啊，你有什么要求，请尽管说，我一定会答应你的。"狐狸说："我很崇拜虎大王，我想帮助虎大王治理动物王国"。虎大王寻思片刻说："从现在起，你就是动物王国的二头领了。"

狐狸升迁的消息迅速在动物王国中传开了，动物们似乎悟到了秃头产生的吉祥作用。于是一股秃头风在动物王国中越刮越猛，山羊为变成秃头磨掉了长长的角，孔雀剪掉了那美丽的头饰，兔子束起了耳朵……不久动物王国里的动物全都变成秃头了。由于秃鹫家族的秃头最干净利索还被虎大王赐予文明动物家族称号。

从此，动物王国中再也找不到不秃头的动物了。动物王国成了秃头王国，大家站在一起光闪闪的，全都一样，颇为壮观。

忘记自己是谁的猴子

▶ 文 / 戊沈

> 真理往往是在少数人手里，而少数人必须服从多数人，到头来真理还是在多数人手里，人云亦云就是这样堆积起来的。第一个人说一番话，被第二个人听见，和他一起说，此时第三个人反对，而第四个人一看，一边有两个人而一边只有一个人，便跟着那两个人一起说。可见人多口杂的那一方不一定都有自己的想法，许多是冲着那里人多去的。
>
> ——韩寒

　　猴子偶然拾到海狗的一套服装。它将那套服装穿在身上，感到很新鲜。它照了照镜子，发现自己很像海狗。它走到大街上，许多动物见了它，都说："瞧，那就是海狗，一位游泳健将，太了不起了。"

　　一开始，猴子觉得大家夸的是海狗，并非自己。自己穿上海狗的衣服，并不意味着自己就变成了海狗。可是，随着时间的推移，夸奖猴子的动物越来越多，一些动物组织还请猴子去演讲。猴子想，海狗有什么了不

起，我的本事也是不小的。想到这，它便答应了各种动物组织的邀请。它很擅长演讲，讲得口若悬河，滔滔不绝，精彩极了。它的演讲不时赢得雷鸣般的掌声。当然，它只能说自己是海狗，不能说自己是猴子。它心里说，就是真让海狗来演讲，根本也达不到我这个水平。

日子久了，猴子发现自己的一举一动真的与海狗差不多了。心想，莫非上帝把自己变成了一只不凡的海狗。一天，又有动物组织来请猴子演讲，猴子感到有些累了。于是说："别找我了，我是一只猴子，并不是海狗。"

那位动物组织的头领很不高兴，它说："你是海狗，那还有假。你说你是猴子，哪有这么出色的猴子。你的名气大了，架子就大了，还说自己是猴子，想唬我们，太不仗义了。"

听了这番话，猴子心里感到很高兴。于是，它又给那家动物组织作了演讲。当然，效果是很好的，猴子暗想，大概这就是天意。自己想变回猴子都难了，索性就把自己当成海狗吧。

日子一天一天过去，猴子整天扮演着海狗的角色，乐此不疲。

这一天，猴子在大海中的一条船上给一家动物组织演讲。猴子讲得兴致勃勃，眉飞色舞，它赢得了动物们的热烈掌声。显然，它演讲又一次获得了成功。演讲完毕后，猴子觉得兴致未尽，于是，它忽然心血来潮，说是要当场为大家表演游泳绝技，动物们当然求之不得。于是，大家纷纷为它呐喊助威。此时，它已经把自己是猴子的真相忘得一干二净，它真的以为自己是一只神勇无比的海狗了。于是，它猛地跃起，扑通一声就跳入海中。

猴子很快就被淹死了。

海龟看着猴子的尸体，惋惜地说："忘记自己是谁，是一件多么危险的事情呀。"

一瓶雪水的体温

▶ 文／赤无头

> 母羊要是听不见她自己小羊的啼声，她决不会回答一头小牛的叫喊。
>
> ——莎士比亚

"波丽斯夫人，前面不远有个山洞，我们过去避一避风雪！"葛尔镇长一边走一边侧着脸对波丽斯夫人说。他脱下自己的围巾，盖在波丽斯夫人怀中的小孩身上。

"太好了，我们过去吧！"波丽斯夫人把孩子往怀中紧了紧说，这个孩子是她的孙子只有几个月大，她的手中还有一个小袋子，里面装着奶瓶和奶粉。

波丽斯夫人是在路上遇到葛尔镇长的，虽然葛尔镇长也没有带雨具，但总算是相互多一个照应。

山洞里已经有三个猎人在躲雪了，他们一边咒骂着这鬼天气，一边把

烧热的铁水壶塞进怀里取暖。波丽斯夫人怀中的小孙子醒了，睁开眼睛吮了吮唇，"哇哇"地大哭了起来，他的肚子饿了！虽然有奶瓶和奶粉带在身上，但根本没有热水冲奶粉，波丽斯夫人的眼光不禁落在了那几位猎人怀里的铁水壶上。

"我的小孙子肚子很饿了，你们能给我一点热水吗？我想给他冲奶粉吃。"波丽斯夫人轻声地问那几位猎人。

"给你热水？不行！天气这么冷，我们自己也非常需要，更何况我们带的火柴也用完了，不能再生火了！"一位猎人说。

葛尔镇长有些不悦地说："你们也一定有自己的孩子，看在上帝的份儿上，给她一点热水吧！"

"可是万一我们冻死了，谁来照顾我们的孩子呢？"猎人们说。

葛尔镇长知道对着这几个麻木不仁的猎人说再多也是徒劳，他就从波丽斯夫人手中抱过孩子，他觉得自己身上的热量或许要大一些，在这个风雪交加的野外，他能做的也只有这么多了。

突然，波丽斯夫人掏出空奶瓶，往里面装进一些奶粉后就跑出了山洞，她跑到一处雪最厚的地方，蹲下来往奶瓶里灌满了干净的白雪，回到山洞后，葛尔镇长吃惊地问她："你打算把这些雪喂给你的孙子吃么？"

波丽斯夫人什么也没有说，她拭去奶瓶上的碎雪，然后把那只装满白雪的奶瓶塞进了自己怀里。那几位猎人冷冷地看了她两眼，他们觉得眼前这个女人肯定是疯了，难道这鬼天气还不够冷吗？塞一瓶雪到怀里去做什么呢？

接着，波丽斯夫人对着葛尔镇长怀中的小孙子唱啊跳啊逗着乐，但眉头却越皱越紧，神情也越来越痛苦，连嘴唇都有些发紫了！就这样，一个小时后，波丽斯停了下来，她从怀中掏出奶瓶，这时候，奶瓶里的雪已经化成了一瓶微微冒着热气的奶水。波丽斯夫人把吸嘴塞进了小孙子的嘴里，这让她的小孙子很快停止了哭声，"噗喊噗喊"地吸了起来！

那几个猎人愣住了，他们怎么也没有想到，原来波丽斯夫人把一瓶雪放进怀中，是为了用自己的体温把雪融化成水用来泡奶粉！

风雪慢慢变小了，终于可以接着上路了。在走出山洞前，葛尔镇长感慨地说："爱不仅能融化瓶子里的雪，还能融化空中正飘着的雪，有些虽然是用火烧开了的热水，与之相比起来实在是太冰太冰了……"

金黄色的阳光又重新回归到了这片洁白的山野。是的，一个有爱的世界，必定是一个温暖而纯净的世界。

铜皮匠老胡

▶ 文/赤无头

> 天决不助不愿作为的人。
>
> ——索福克勒斯

老胡好像从来没有年轻过，反正从我懂事时候起，人们就已经叫他老胡了。

老胡是镇上唯一的铜皮匠，他的铜皮店开在镇上的老街上，我们从村里到镇上都要路过老胡的店门口。小时候每次到镇上，老远就可以听到老胡敲击铜皮的"乓乓"声，轻重缓急适度有序，店里密密麻麻地挂满了铜皮汤罐。

老胡最擅长的就是打铜皮汤罐。以前，乡下人烧菜煮饭用的都是砖石土灶，铜皮汤罐就安装在灶前的烟囱口，底部还伸出两条铜皮管子环着灶沿绕一圈后从灶前而出，一顿饭烧熟，铜皮汤罐里的水也就开了，既可当茶水，又能用来洗涤锅碗，乡下人都非常喜欢。老胡不仅生意好，而且因为是镇上唯一的铜皮匠，还非常受人尊敬，听父亲说，老胡年轻时刚开这家店的时候，简直能算得上是镇上最风光的人物了。

老胡打铜皮汤罐的时候非常专注，我从他的店门口走过无数次，每次他都在埋头敲打铜皮，从没见过他抬头看到街上来，似乎从不需要担心街上有没有人，只要打好铜皮汤罐就会有人来买了！

后来，我到了外面读书和工作，一年难得回家几次，见到老胡的次数就越来越少。大约是在我工作后的第二年吧，那次从县城买了一套煤气灶具回家，那时候镇上还没有灌煤气瓶的，所以我就包了辆小车连煤气瓶也一同带了回去。母亲第一次用煤气灶烧菜时，前后邻居都跑了过来看，还啧啧地惊叹说真奇怪，一个铁瓶子里居然装着那么多的火。再过个一两年，这个奇怪的铁瓶子镇上也有卖了，而且许多邻居的家里也都有了。

有一次我回家时路过老胡的店门口，再次听到了老胡敲打铜皮的声音，但不知为什么，我隐隐觉得那种"乓乓"的节奏变得缓慢而拖长了。或许，是老胡真的老了，再也没有以前那么好的精力了，然而，当我往里看去以后才意识到自己想错了，老胡似乎还是老样子，所不同的是，他的店里再也不像从前那样密密麻麻地挂满铜皮汤罐，只有地上零零落落地扔着几只，而且还铺满了灰尘。再过了几年，有一次我回家过重阳节，路过老胡的店门口时，我居然看到老胡坐在门口的葡萄架下乘凉，而他的铜汤罐店面，也变成了非常普通的农家摆设，大堂柜、八仙桌、还有几张小竹椅歪歪扭扭地靠在墙根……

老胡依旧是老胡，而他的汤罐店却不再是一个店面。我猛然觉得这个印象中从未年轻过的老胡，现在确实是老了。可是我的父亲却说，老胡不是老了，而是现在乡亲们的生活好了，家家户户都有煤气灶、电磁炉，再也没人用土灶了，也自然就没人再用老胡的铜皮汤罐了！

　　关了店门的老胡闲得无所事事，成天不是泡茶馆就是坐在门口的葡萄架下，夏天乘凉，冬天晒太阳，熟人们都和老胡搭讪说你现在过得真惬意，老胡都只是不置可否地笑笑。有一次我和父亲一起从镇上返回，老胡正坐在门口独自剥着他那逐渐褪去的手皮老茧，父亲看了他几眼后叹一口气说，其实老胡现在过得挺空虚，挺无聊，挺没有意思。

　　最近一次回老家是在一个月前。那次我既没有在茶馆里看见老胡，也没有在他的家门口看见老胡，而那间曾经风光几十年的铜皮汤罐店，也已经装修一新成了一家电脑销售行。听人说，老胡在半年前已经去世了，现在开电脑行的是他的小孙子，现在人们生活好了，闲钱多了，无论有用没用，乡亲们都爱在家里摆上一台电脑，因为镇上只有一家电脑销售行，所以老胡的小孙子在镇上很风光……

　　原来打个电话也要跑邮局的小镇，居然有了自己的电脑行！生活确实大变样了，我不禁感叹，在这一场生活大喜剧中，老胡，究竟是一个喜剧人物还是一个悲剧人物呢？在走过电脑行的时候，我突然想起来父亲曾经说过的话，当年老胡开起了镇上唯一的一家铜皮汤罐店的时候，也是非常风光的，我想，老胡当年的风光劲儿，应该不会比今天经营电脑行的小孙子要逊色吧！

昨天星期四，今天星期五

▶ 文 / 云鹤

> 我们应有恒心，尤其要有自信心！我们必须相信，我们的天赋是要用来做某种事情的。
>
> ——居里夫人

丽贝卡·布莱克是美国加利福尼亚州奥兰治县的一位小女孩，她的父母都是奥兰治一所中学里的音乐教师。受父母影响，她也深爱音乐与歌唱，而且还时不时地尝试着给自己写歌。

2011 年初，刚满 13 岁的布莱克又给自己写了一首名为《星期五》的歌，这一次，她的歌里没有任何心理活动的描写，只是把自己在"星期五"这一天的生活，用"口水话"的形式平铺直叙地写下来。歌词大意是这样的："一名少女，周五早晨，7 点起床，准备下楼，拿碗，喝粥……昨天是星期四，今天是星期五……明天是星期六，后天就是星期日……"

布莱克的父母看了后，皱着眉头说："这是你所写过的最烂的一首歌，

没有任何美感可言！"他们随即又给她大灌音乐理论，但布莱克却什么也听不进去，她觉得真实是最好的感觉。

几天后，布莱克为这首歌配上了简单的伴奏，放到了自已所在的学校网站上。平时学校网站没什么点击率，只是同学间的交流娱乐，但很意外，一位名叫莎莉的音乐工厂负责人不知怎的注意到了这首歌，所谓的"工厂"其实也是自诩而已，只不过是由莎莉和另外一位爱好音乐的女青年共同组合，做一些与音乐有关而又是自己喜欢做的事而已。

莎莉很快与布莱克取得了联系，表示愿意将其无偿录制成视频单曲。就这样，布莱克很快在网上"发行"那首载歌载舞的《星期五》视频单曲视频。

这首歌在网上"发行"以后，其歌词内容让一些专业的音乐人和权威的娱评杂志大跌眼镜。美国《时代》杂志形容这是一首"烂出全新水平"的歌，而雅虎网站则称它是"史上最烂的歌"，最接受不了这首歌的恐怕要算是《滚石》杂志了，它是这样评价的："制作水平低劣，歌词愚蠢无比"，好莱坞的《每周娱乐快讯》甚至还以戏谑口气发布"快讯"说："据丽贝卡·布莱克所知，昨天是星期四，明天是星期六，后天就该是星期日。"一时间，恶评如潮。

然而，让这些全球最权威的娱乐杂志和音乐人没有想到的是，这首歌曲的视频从传到一家热门视频网站后，平淡而真实的歌词和轻松流畅的节奏，却很快吸引了无数以学生为主的年轻人。他们在这首歌里找到了无限的共鸣和同感，歌曲的点击率一路走高，短短半个月突破了2000万次，并且成为美国苹果公司在线音乐商店iTune最畅销的40首歌之一，挤进劲歌排行榜前茅！在某些网站，它的受关注度以点击率计算甚至超过日本地震和海啸话题。

布莱克对批评毫不在乎，她在微博上兴奋地欢呼："这简直是一个甜蜜的梦。我觉得自己太光荣了，这么多人知道了我的歌！"

随着这首歌成为 iTunes 畅销歌曲，《星期五》总算改变了一些专业音乐人士的偏见。3 月 11 日，美国著名的草根节目"星光大道"邀请布莱克现场表演，美国广播公司的网上音乐厅和英国百代音乐公司总部竞相向这位小歌手发来了加盟邀请，更有无数的商业公司邀请她为一些少女及学生用品代言，虽然布莱克深知自己以学业为重，但强大的人气还是使她无法尽数拒绝！

布莱克的人气日益上涨，随着越来越多的真金白银落入这位少女歌手的口袋中。美国《太阳报》这样评论道：有些所谓的权威其实本身就是个最为荒谬的东西，当他们在嘲笑某些东西的时候，从来不会想到，或许真正应该被人笑话的正是他们自己！

勇敢的壁虎

▶ 文／云鹤

> 要在这个世界上获得成功，就必须坚持到底：至死都不能放手。
>
> ——伏尔泰

周末，我在乡下郊游的时候看到了这样的惊险一幕。

一只大壁虎停留在花坛上，它丝毫没有察觉到危险正慢慢逼近。一条菜花蛇从旁边的小竹林里缓缓潜进花坛的花草丛中，吐着信子，紧紧盯着壁虎，好几分钟之后，它终于像离弦的箭一样，张开大嘴向壁虎扑去！

我心头一惊，心想这只壁虎完了。但谁也没有想到，就在这一瞬间，大壁虎及时发现了危险，并且做出了一个令人意想不到的选择，它不是逃窜，而是张开了嘴巴，迎面扑向菜花蛇……

按理说，这条菜花蛇的大嘴足以吞下这只大壁虎，但事情并没有这么顺利——就在菜花蛇扑向壁虎的同时，壁虎也死死地咬住了菜花蛇的下颚，结果菜花蛇只咬中了壁虎的上颚，两个嘴巴紧紧地交错在了一起，任凭菜花蛇怎样使劲摇摆，壁虎就是咬住不放。菜花蛇几番努力，始终无法把壁虎吞进肚子里。

同时，壁虎不断地挣扎，用尽全力往花坛边移动，菜花蛇有些被动地跟着它，壁虎最终拖着菜花蛇退到了花坛的最边缘，它趁着菜花蛇张开嘴巴调整姿势的那一瞬间，壁虎也松开嘴巴，迅速溜下花坛。刷刷刷地溜走了，菜花蛇眼巴巴地看着它跑远却无计可施，想追也追不上了，只能悻悻地返回小竹林。

我突然想，假如这只壁虎从一开始就选择逃跑，那毫无疑问，它无法逃脱菜花蛇的攻击。只能成为菜花蛇的美餐，但它却选择了迎着危难而上——咬住菜花蛇的嘴巴，身入险境，反而求得了逃生的机会！

以逃避的方式躲避风险，这算是一种合情合理的本能。但未必是一种智慧；迎头而上虽然看着很愚蠢，但这却是一种极度的勇气和智慧。动物世界是这样，人类世界也是。

梦想是可以拐弯的

▶ 文／云鹤

对于不屈不挠的人来说，没有失败这回事。

——俾斯麦

黄渤小时候特别调皮捣蛋，学习也不好，但他酷爱唱歌，他唯一能从老师那里得到表扬的就是唱歌跳舞，是学校有名的"小歌星"。初三的时候，他还代表学校参加青岛电视台举办的中学生唱歌比赛，结果捧回了个三等奖。这次比赛让黄渤在奖项之外还得到了另外两个大收获：一是点燃了他的唱歌梦想，二是认识了高虎这个好兄弟。

上高中后，黄渤去了餐厅做伴唱歌手，每天晚上六七点开始演出，忙到半夜才回家。他的父母为此批评教育了他不知道多少次，但黄渤就是不低头，就凭着这股子小蛮劲，黄渤在青岛渐渐的有了点小名声，名气日益增长的黄渤组建了一个小组合，在各大歌舞厅跑场子……

这样的状态对于一个高中生来说，要考大学是不可能了，但黄渤不遗憾，他觉得为了梦想而奋斗是一件有意义的事。那时候，广州是流行音乐的前沿，黄渤也跑去了广州寻找机会，他在那里和很多日后的歌星们都有过合作，但不知为何，眼看着朋友们的事业一天比一天好，他却一无所成，沮丧落魄的黄渤便辗转来北京寻求发展机会，他租在农村房子里，大冬天的每天蹬两个钟头自行车去酒吧唱歌跑场。

这样挣扎了好多年，命运之神却始终没有眷顾他，他始终也没有红起来，就在他为自己的梦想而迷茫时，2001 年夏天，中学时期和他一起唱歌比赛过的老乡，后来已经成为著名演员的高虎找到了他，说有个小电影需要一个会讲山东话的男演员，如果愿意的话不妨来剧组试试。高虎连哄带骗地鼓励他说："说不定你会一炮而红呢！"

"可是我的梦想是唱歌呀！"黄渤挠了挠头皮，有点为难地说。

"梦想是随时可以拐弯的嘛！谁说梦想只有一条路？"高虎继续开导他，黄渤听后觉得有道理，就来到了剧组。结果导演一看就满意了，让他演一个进城农民，在小巴车上当售票员，结果，那部只拍了 11 天的短片获得了很多奖项，黄渤第一次演戏就有机会走上了红地毯，他一进到闪光灯噼里啪啦乱闪的颁奖会场，就发现这边坐着巩俐，那边是周星驰……

黄渤突然意识到，梦想真的是可以拐弯的，既然自己有表演天赋，为什么不好好利用发挥呢？第二年，他报考北京电影学院配音系，毕业后，黄渤成为了一个抢手的配音演员。央视的译制片、影视剧，最忙的时候他一天配一部，他一度认定这就是他今后的生活，因为他觉得做演员还是英俊倜傥的吃香，像他这样的人顶多演个不为人关注的小人物。然而，他虽然是一副小人物形象，但却是一个特别的小人物。几年颠簸之后，黄渤身上所特有的气质开始被更多人注意到，一部《疯狂的石头》里的石头让他彻彻底底地把自己的光芒展现了出来！

　　黄渤很快成为了电影投资商和导演的新宠，短短几年功夫就出演了《疯狂的赛车》等 11 部电影，成了新一代的喜剧之王。2009 年，入行不到 10 年的黄渤凭着《斗牛》一片，与香港实力演员张家辉共登金马奖影帝宝座，这是金马奖有史以来的第一个影帝"双黄蛋"。

　　加冕金马影帝之后，黄渤的事业局面也更加如日中天。凭着《心花路放》《亲爱的》《痞子英雄》三部影片成为了史无前例的"40 亿影帝"！如今，功成名就的黄渤不仅组建了自己的电影公司，而且还开始自己抽时间写剧本，勤奋不懈的黄渤每次谈到自己如今的成就，经常会这样感慨地说："每个人都有自己的梦想，坚持到底固然可贵，但你要知道梦想的道路不是只有一条，必要的时候，其实你也要懂得让自己的梦想拐个弯！"

帮助员工"跳槽"

▶ 文 / 小云

每个人都应该担负起应尽的责任。

——徐磊刚

　　索尼公司是世界上最著名的家电公司，它的创始人盛田昭夫从创办公司以来一直都有个习惯，就是在食堂里和员工们一起吃饭。

　　有一天中午，盛田昭夫走进食堂后，看见一个年轻员工孤独地坐在角落里，像是受了很大的委屈，盛田昭夫就端着餐盘走过去坐在他的对面问："小伙子，怎么了?"这个年轻人刚来这里没几天，他还不知道眼前这个穿着朴素的中年人就是自己的老板。以为也只是一个普通员工，就把自己的满腹牢骚都说了出来，盛田昭夫听了他的诉说后才知道这个小伙子是刚从东京大学毕业进入公司的，他怀着一腔热情和梦想来到这里想要一展抱负，可没想到他的科长上司却是个无能之辈，不仅喜欢过问甚至否定他的很多创意和发明，还经常挖苦他"自作聪明"。那个小伙子叹着气说：

"我真没想到会是这样子的，我已经后悔来到这里工作了！"

盛田昭夫听后非常吃惊，他在当天下午就开始调查这件事情。结果他发现这个年轻人的很多建议和想法都非常有价值，而那个科长只因为是研究生毕业的，所以一招聘进来就当了科长，但事实上在工作上却没有任何建树！"一定不能让有才能的员工被压制住！"盛田昭夫觉得虽然这只是吃饭时无意中发现的问题，但公司里同类的事情一定不少，就制定了一套人事改革方案：公司内部跳槽制！

这套新的制度规定，只要员工对上司不满，或者希望自己能在别的岗位上创造出更好的成绩，就可以直接向公司最高管理层提出"跳槽申请"。而公司在完善相应的人事变化后也就会给予批准，这种新的制度其实就是鼓励员工们在公司内部跳槽，寻求更合适自己的职位，不仅如此，公司还每周出版一次内部小报，刊登各部门的求人广告，员工也可以自由地前去应聘，他们的上司无权阻止，通过这些新制度的实行，索尼公司不但实现了"尽人之能"的任用制，更杜绝了人才外流。而且"内部跳槽"也是公司的一种自我诊断，可以通过员工的跳槽而挖掘出某些部门的问题，从而及时加以改进和化解，这样一来，公司的整体状态就更好了。

盛田昭夫晚年时曾对《东洋经济》杂志的记者这样说："很多人说我是管理天才，其实我只是做到了倾听每个员工的声音、帮助每个员工解决问题罢了，所谓的管理只是在这个基础上呈现出来的一个效应罢了！"所以当年的《东洋经济》是这样写的："最高境界的管理不在管理本身，而在于帮助员工发挥所长，帮助员工找到最好的出路，也只有这样，一家公司才能从根本上取得好发展！"

"先送一半"的智慧

▶ 文 / 小云

> 只要我们具有能够改善事物的能力，我们的首要职责就是利用它并训练我们的全部智慧和能力，来为我们人类至高无上的事业服务。
>
> ——赫胥黎

上世纪 50 年代初，一个名叫土桥久男的小伙子进入了东京的则武陶瓷公司做销售。

因为土桥久男精通英语，公司就把他派往美国纽约开拓新市场。则武陶瓷大多以生活用品为主，可是生活用品在哪儿都不欠缺，怎么样才能吸引消费者来买呢？土桥久男想来想去，想到了一套奇妙的销售策略——先送一半！

土桥久男是这样操作的：他先和超市商场谈妥入驻事项，然后免费向顾客赠送 4 个咖啡碟子，短短半天时间，400 套碟子共 1600 只就全送了

出去，土桥久男让他们第二天又来这里，因为还有东西要送；第二天，那些领到赠品的顾客果然又来了，土桥久男又送给了他们 4 个咖啡杯。

这时，那些顾客手中就共有了 4 个咖啡碟和 4 个咖啡杯，事情到这里就结束了吗？当然没有，这才做了一半呢！一个礼拜后，土桥久男正式将全套的咖啡餐具摆放了出来，除了送出去的两个部件外，糖罐和调羹碟也摆出来了，人们一看摆齐了的餐具后才发现原来它是这么精美，就在"必须要凑齐四件"的心理中，人们纷纷购买，结果短短三天时间，400 套餐具就全部卖光了。最富戏剧性的是，他们后来买走的另两件的价格，其实把此前领去的两件也包括在了里面。

一时间，土桥久男的陶瓷品名声大噪，特别是他那套"先送一半"的销售智慧，更是让纽约本土的销售员们目瞪口呆。就这样，美国市场被土桥久男给顺利打开了！

第四辑

Chapter Four

唯美阅读

Weimei
Yuedu

租一架战斗机去做客服

▶ 文 / 小云

> 遇事做最坏的打算的人，是具有最高智慧的人。
>
> ——纳·科顿

1965 年，一个名叫埃迪·布伦达的机械工程师在美国密歇根市创办了一家机械制造公司。因为这本身就是他的专业，所以大家都觉得他的公司一定马上就会有大发展，可让人出乎意料的是，在那个市场异常无序而竞争异常激烈的年代，他的公司几乎毫无竞争力可言，半年时间都没到就陷入了生存危机。

如果情况继续恶化下去，公司将不可避免地破产倒闭。所有员工们都觉得末日将近，他们每天都期待着新订单的降临，然而新订单没来，通知售后维修的客户却打来了电话。那天员工们正准备下班，一家从蒙大拿州波兹曼市的公司打来电话说，他们购买的机械出现了一点问题，希望埃迪能够马上派人去维修。

"马上去维修？这怎么可能？"员工们惊诧得不知如何是好，要知道，从密歇根赶到波兹曼至少需要整整一天的时间坐火车，根本不可能马上赶去维修，可埃迪沉吟了片刻后却说："不，不要等到明天了，你们现在马上就坐飞机赶过去！"

"可是现在已经没有去波兹曼的航班了！"员工们说。

"这是个问题！没航班，我们就租一架飞机赶去。"埃迪说完就给航空公司打电话，但很遗憾，航空公司并没有空闲的小型飞机，怎么办？埃迪想到了驻扎在附近的军队，结果，在一通电话之后，他以25万美元的高价租到了一架直升机——一架军用的战斗直升机！

"老板，你这个主意并不明智，我们公司本身就缺乏生机，现在你还要花这么大一笔钱去为客户做一次免费的售后服务？老板，世界上真的没有比这更糟糕的主意了！"员工们纷纷这样劝阻埃迪，但埃迪却不为所动，十几分钟后，一架战斗直升机停在了公司门口，载上维修人员火速赶往波兹曼……

为了一次免费的售后服务，居然要花25万美元出动一架战斗机。员工们的顾虑不无道理，这真是太不划算了，但员工们能想到的，埃迪又怎会想不到？事实上，他心里有更深一步的打算。第二天一早，埃迪把这条消息图文并茂地通过媒体发布了出去，一时间，"租一架战斗机去做客服"的新闻通过电视、广播、报纸传遍了整个美国，结果，埃迪的公司声名鹊起，人们也都通过这件事情感受到了埃迪在售后服务上的诚意与快速，结果他的机械设备很快受到了市场的青睐，公司那死气沉沉的氛围也很快被打破了，取而代之的是繁忙的运作和勃勃的生机。

短短两年时间，埃迪的公司就在全美国的机械设备领域中独占鳌头，没几年就成为了知名的全球性跨国企业！没错，它就是如今全球最专业最

大型的空气压缩机械制造商——美国寿力公司。直到如今，"不惜一切为客户服务"这一理念依旧是他们最重要的公司文化之一，寿力公司的现任总裁约翰·亚坎桑曾这样对媒体表示："顾客就是企业的生命，为顾客提供最好的服务，就是为我们自己创造最丰厚的回报！"

一番沟通价值 10 亿美元

▶ 文 / 小鹤

> **在交谈中，判断比雄辩更重要。**
>
> ——格拉西安

艾科卡是美国著名的企业管理专家。1979 年，濒临破产的克莱斯勒汽车公司邀请他担任公司 CEO，他们认为只有艾科卡才有可能令克莱斯勒汽车公司起死回生。

确实，这时的克莱斯勒汽车公司已经是个外强中干的空架子了，它几乎失去了任何的活力和生机，资金链断裂、产品落后，简直就是个"烂摊子"！艾科卡上任后，觉得必须马上推出一款新型汽车来摆脱困境，但要推出这款新型汽车，至少需要 10 亿美元的资金垫底，如果资金不到位，艾科卡也无从下手。艾科卡决定求助于美国政府，希望能为他做担保向银行申请 10 亿美元的贷款，但面对这家烂摊子公司，美国政府毫不犹豫地拒绝了："我们不能为你担保，这个风险太大了！"

美国政府的态度艾科卡其实早就预料到了，他并没有显得十分吃惊，他清了清嗓子镇定地说："大家都知道，洛克菲勒公司和美国五大钢铁公司还有华盛顿地铁公司，都先后取得过政府担保的银行贷款，而且数额都比我要大很多，凭着克莱斯勒汽车公司曾经的地位，想要贷10亿美元应该没什么不妥。"

"因为他们根本不会垮掉，所以政府才帮助他们，可是我们对克莱斯勒这家烂摊子公司很没有信心！"政府的人回复他说，"而且，拜托不要把你公司的成败说成是美国政府的责任。"

"克莱斯勒确实是个烂摊子，但正因如此才更需要美国政府的帮助！美国一共只有3家大型汽车公司，如果克莱斯勒垮台，无疑就促成了另外两家汽车公司对市场进行垄断，所以你们帮助克莱斯勒度过难关，其实是在维护美国的市场秩序！"艾科卡笑笑说，"至于责任，或许美国政府应该这样算一笔账：如果克莱斯勒公司破产，那么整个美国将有60万工人失业，仅此一项美国政府每年就需要支付27亿美元的失业保险金和其他社会福利，与10亿美元的贷款相比，美国政府会怎么选择呢？"

"这……"听了艾科卡这番话，政府的人都呆住了。确实，如果不帮助他们渡过这个难关，后果可能更严重，政府面临的压力可能会更大！经过短暂的讨论后，美国政府决定为艾科卡的10亿美元贷款提供担保。就这样，艾科卡拿到10亿美元的贷款，工人们都欢呼雀跃地赞颂艾科卡简直创造了一次"价值10亿美元的沟通"！此后，艾科卡和员工们一起努力，很快推出了一款新型汽车，第二年就创造了9亿美元的纯利润，不仅创造出了公司的最高销售纪录，而且还使克莱斯勒汽车公司从此在国际汽车市场上真正站稳了脚跟。

可以想象，如果艾科卡不和美国政府做这些沟通，不仅克莱斯勒公司会破产，艾科卡所说的那个可怕情形也会出现，可以这么说，艾科卡的这番沟通不仅挽救了克莱斯勒汽车公司，甚至还为美国社会做出了巨大的贡献，难怪后来只要有人说起艾科卡的这段经历，都会不由自主地赞叹说："沟通真的是世界上最伟大的智慧！"

一片落叶的光辉

▶ 文 / 小鹤

> 用千百倍的耕耘，换来桃李满园香。
>
> ——佚名

我是因为摄影才来到这片西北高原的。

那天，我攀爬穿梭于起伏的黄土丘陵中摄影，直到下午才发现自己竟然迷路了，身上带的水早已喝光，烈日炎炎，我又饿又喝，也不知走了多久，总算看到前面不远处零乱地散落着几个小村庄。

我像是在沙漠里看到绿洲一样往前冲去，村口有一座低矮的泥草房，院子里种着一棵大白杨，昂然挺立，院子的门框顶上钉着一个木板架，上面依稀写着"向阳小学"四个字，里面隐隐地传来了孩子们读书的声音。

这是我见过的最简陋的小学了。一棵白杨树，一口手摇水井，另一角则装着一个木单杠，墙边靠着三两个滚圈子和皮球。一个七八十岁的老人从屋子里走出来，他举起一个小榔头，朝屋檐上挂着的一块厚铁板上"当当当"地敲了三五下，随后就有十几二十个大小不一的孩子，一边喊着"下课喽"一边从教室里跑出来，看到我这个外来者，他们显得又警惕又好奇，傻愣愣地着看我。

我说明来意，老人把我请进了里屋休息，这是他的卧室和办公室。老人姓王，是这里唯一的老师，他一边给我倒凉茶，一边和我聊天，渐渐的，我开始知道了一些关于王老师和这所小学的故事：王老师小时候随父亲从这里逃荒去了西安，他一有空就跑到学校窗外去听课，后来，老师居然让他免费去上学了。王老师学习非常用功，后来还成了一名光荣的人民教师。退休后，王老师就抽时间回到家乡看看，没想到半个多世纪过去了，这里的生活几乎没有任何改变，仅有的学校在十几里地之外，有不少孩子根本没书读。

没文化没知识，将来他们也只能复制祖辈们的生活。王老师就留了下来，凭着自己资深的从教经验，他东奔西跑地在县教育局里申请到了"办学资格"，并用村人们提供的一个废弃土地庙办起了这座"向阳小学"。15年过去了，他手下已经出了好几个大学生，大多数孩子虽然只读了初中或小学，但有了这点文化底子，也就敢于跑到城里去打工创业了，可比在这片黄泥地里刨食吃要强上百倍！

王老师欣慰地告诉我，那些已经会赚钱的学生，有的给他送来了电风扇，有的送来了书柜，院子里那口井也是一个学生出钱安装的……

聊了一阵后，我起身告辞，王老师送我出来，告诉我怎么样可以搭到回县城的班车。

起风了，院子里的那棵白杨树"唰唰"地响着，偶尔会有一两片叶子随风漂落。"落红不是无情物，化作春泥更护花"，最终，它们将成为滋养这棵白杨树继续成长的养料。我突然觉得，王老师不就是一片落叶吗？一

片闪耀着光辉的落叶，一片时刻想着发挥余生价值的落叶！从工作岗位上退下来以后，他继续滋养着一批批的孩子们成长和成才，让他们拥有更加美好的未来。

　　我不由自主地从钱包里掏出 500 元钱塞到王老师的手里，我说不出究竟为什么要这样做，我只是觉得这样的一片落叶，应该得到更多的尊重与帮助，而我，只是力所能及地表示一点心意，一点敬意，让这片落叶的养分更加充足……

赞美出来的大作家

▶ 文 / 小鹤

成名每在穷苦日，败事多因得意时。

——佚名

奥尔良公爵是法国巴黎的一个知名大善人。

有一天，一个穷困潦倒的年轻人找到奥尔良公爵，希望能在他这里得到一份工作。年轻人告诉奥尔良公爵说，他从乡下来，但他没有任何特长，也没有学过什么手艺，所以很难找到工作，只要奥尔良公爵能收他落脚，让他做什么都愿意，哪怕是当一个普通的清洁工。

奥尔良公爵倒是想帮助这个落魄的年轻人，但是他的秘书处真的不缺人，他想了想后对年轻人说："你给我留一个地址，如果真有需要，我马上派人去找你！"

年轻人千恩万谢地写下了自己的地址和名字，奥尔良公爵拿起来一看，惊呆了，那上面的字写得非常漂亮，可以说他的秘书处没有一个人写的字能与此相提并论。奥尔良公爵微笑着问年轻人说："你刚才说你没有

任何特长？"

年轻人惭愧地挠挠头皮说："是的，我没有任何特长，所以我能胜任的工作并不多！"

"不，不，你的特长就是能够写一手漂亮的字！"奥尔良公爵说，"如果你愿意，我希望你能在我的秘书处做一名抄写员！"

"这也算是特长吗？真是太好了，我非常愿意从事这份工作！"年轻人大喜过望地说，就这样，奥尔良公爵收留了这个年轻人，让他做了一名普通的抄写员。

时间一天天过去，奥尔良公爵觉得这个年轻人能写这么一手好字，只是做一份抄抄写写的工作实在是太可惜了，于是他鼓励年轻人说："你的字写得这么好，为什么不尝试自己创作一点文学作品呢？那会比抄写文书更有意义！"

"创作文学？天，我从没想过，我可以吗？"年轻人问。

"当然可以，只要你多读书，多观察生活，多用你这手漂亮的字把心里的想法写下来，那就是在创作文学了！"奥尔良公爵认真地说。

年轻人若有所思，此后孜孜不倦地每天读书，每天都细细地品味生活，挖掘社会问题，慢慢地，他开始尝试写剧本。半年后，他的处女作《亨利第三及其宫廷》一问世就震惊了整个巴黎乃至整个法国，成为举足轻重的剧作家和小说家。后来，这个年轻人用毕生时间完成了300多卷作品，其中最具代表性的就包括《三个火枪手》《基督山伯爵》《卡特琳娜·霍华德》和《放荡与天才》等剧本和小说！没错，他就是法国19世纪最著名的浪漫主义作家大仲马。

"有人说我是文学天才，其实我是被奥尔良公爵赞美出来的，那一切都不是我与生俱来的能力，而是奥尔良公爵给我的赞美和鼓励成就了我，那一切都是赞美与鼓励的魅力！"成名后的大仲马每次说起自己的成就，都会这样心怀感恩地提起奥尔良公爵。

"分外事"里练出来的 CEO

▶ 文 / 李可

> 人生路上有阻挡你梦想的砖墙，那是有原因的。这些砖墙让我们来证明我们究竟有多么想要得到我们所需要的。

> ——佚名

上世纪 80 年代末，一个在美国留学的中国小伙子进入了微软公司做了一名普通的经理秘书。这份工作说好听了叫秘书，说直接一点其实就是打杂，专做一些整理文件、打印材料之类的琐事。

这样的工作单调而乏味，公司里很多和他一样从事同类工作的人都觉得无所谓，差不多能把工作混过去就算了，可这个中国小伙子却总是一丝不苟地完成着每一项任务，不仅如此，如果发现有同事因为偷懒或粗心做漏了一些事情，他也会主动地去帮忙。那些美国年轻人看这个中国小伙子这么"笨"，就经常出于一种欺侮他的心态把自己的工作推给他去做。

在公司里做了一年的秘书后，这个中国小伙子发现公司的很多文件中

都存在着问题，甚至在经营运作方面也存在着不少疏漏。虽然同事们对这些问题视而不见，但他却主动挑起了这些任务：每天除了做好自己的分内事之外，还会主动地搜集资料，并进行分类整理和数据分析，然后以此为基点写出自己的建议和想法。有时候，为了弄清一些复杂的概念，他还经常去图书馆查阅资料或者请教专家……

就这样工作了一年后，这个中国小伙子已经整理出了厚厚一叠的运行分析和发展见解，最后他把这份报告交给了分部经理，经理随手翻了翻后，惊讶地说不出话来，连忙将其做为一份"珍贵资料"呈给了总裁比尔·盖茨，比尔·盖茨详细阅读了这份资料后，同样也被里面的内容深深吸引，马上叫人把那个中国小伙子请进了自己的办公室……

几天后，比尔·盖茨就决定将这个中国小伙子升为部门经理，并让他领导公司的其它骨干人员一起仔细研究这份材料，查缺补漏，制定出更加完善的策略，也就是在此期间，这个中国小伙子还为公司发明了微软关键字服务平台，进一步保障和推动了微软公司的发展以及业务效益，而这个中国小伙子也就凭着这份"多做一点分外事"的精神，在微软公司里步步高升！

没错，他就是后来在微软公司担任首席部门经理长达10年之久的唐朝晖，为微软公司的全球发展立下了不少汗马功劳；2006年，唐朝晖回北京创办起了艾德思奇数字营销公司并亲自担任CEO，又是短短10年时间，唐朝晖就把艾德思奇打造成了一家拥有超过400名专业员工，在中美两国都设有多家办事处的行业领导者，其尖端软件和服务更是遍及世界各地。

"面对分外事，很多人会以各种理由去推脱，但事实上我这个CEO就是从分外事里练就出来的，所以我们不应该把分外事当成是额外的付出，而应该快乐积极地面对它，最终你会发现多做分外事其实是在提高你自己的竞争力，创造原本不会降临到自己身上的大机遇！"在前不久一个大学生就业论坛上，唐朝晖对大学生们这样深有感触地说。

良驹多挨鞭

▶ 文 / 李可

你希望掌握永恒，那你必须控制现在。

——佚名

　　墨子是战国时期著名的思想家、教育家、科学家、军事家，年少时期，墨子曾跟随鲁国的史明学习。

　　史明的弟子很多，不过墨子是他最得意的弟子。按理说最得意的弟子应该受到老师更多的优待才对，可史明对墨子却很少有好脸色，他常常责备墨子，有时候只是因为一点很小的事情做不好就严厉批评他，可是别的弟子做错事情，哪怕这个错误犯得比墨子要严重，史明也往往不当一回事，有时候甚至一笑了之。

　　有一次，墨子因为写错了几个字就被史明训斥了一番，可是别人同样也写错了字，史明却并没有特别严厉地批评他们，这让墨子非常不舒服。他站起来说："老师，为什么同样的错误，你批评我就特别厉害呢？我觉

得您这样很不公平！"

史明看了他一眼，把他叫到屋外问："假设有这样两个任务，一个是去太行山，一个是在家里拉磨，你觉得分别让良驹和毛驴做什么好？"

"这还用问吗？当然是骑良驹去太行山，让毛驴在家里拉磨呀！"墨子回答说，"因为良驹跑得快跑得远，而毛驴没有那么好的力气，就只能在家里拉磨了！"

史明点点头又问："那么奔赴太行山的良驹和在家拉磨的毛驴比起来，你觉得谁挨的鞭子会更多？"

"当然是良驹，毛驴拉磨只要慢慢走就行了，而良驹因为要赶速度，就会经常挨鞭子。"墨子说。

史明听后，满意地笑着说："你回答得一点也不错！那么你应该明白我之所以常常责骂你的原因了，我这样做就是因为只有你才能担负起上太行山的重任，所以只有你才是一匹经常会挨鞭子的良驹，也只有你才值得我一再地挥鞭子严格要求你！"

墨子听到这里，这才恍然大悟，从此以后他再也不因为老师的批评甚至是责骂而暗暗生气了，而是好好反思自己的过错，更加努力地投入学习，后来终于成了著名的思想家，开山立派创立墨家学说。

张大千的输和赢

▶ 文 / 李可

> 人的巨大的力量就在这里——觉得自己是在友好的集体里面。
>
> ——奥斯特洛夫斯基

1936 年，著名画家张大千首次在英国伯灵顿举办个人绘画展。

当时的英国人接触中国画还不多，参观者们无不叹为观止，请求张大千即兴画一幅，张大千盛情难却，就临场发挥画了一幅水墨牡丹图。收笔后，张大千端起茶杯含了一口茶，随后"噗"一声把茶水喷到了画纸上，顿时，纸上的牡丹犹如久旱逢甘露，绽放得更加美艳动人了！

围观者们都鼓起了掌，可有个英国当地画家则很不以为然，他扯开嗓门轻谩地说："原来中国画家是靠茶水的魔力来喷画的，这也是绘画艺术吗？"

众目睽睽之下出现这样一个踢馆的，所有人都把目光投向张大千，可

张大千既不反驳对方也不认可对方，笑而不语，从从容容地兀自收拾着桌子。事后，几个在英国留学的中国大学生不解地问张大千："谁都知道这是中国水墨画'23技法'中的'冲墨法'，这么简单的问题，你只需要几句话就能说得他哑口无言，可为什么你却什么也不说呢？"

"我为什么一定要把人家说得哑口无言呢？如果他对中国画真没兴趣，我也没必要对一个没兴趣的人解释太多；如果他有兴趣，将来他一定会知道这并不是茶水的魔力，而是中国画的神奇手法，我同样不需要解释太多，更何况无论身处何地，人际关系远比艺术成就本身更为重要，我固然有能力说得他哑口无言，但那样做只能是切断了我和他可能会建立的友谊桥梁！"张大千微笑着补充说，"只有输得起道理，才能赢得了友谊呀！"

朋友们这才恍然大悟。几天后，那个英国画家不知通过什么途径认识到了中国画的技法，他被张大千的绘画艺术和为人胸襟所折服，登门向张大千道歉，并和张大千成为了好朋友。后来张大千在世界各地办画展，他都出钱出力帮过不少忙呢！

生活中，我们经常会因为一点小事就摆出一副得理不饶人的样子，非要说得别人无地自容、无力还击不可，我们以为取得了胜利，其实我们收获到的只是一时的口头之快，而输掉的却是与对方建立友谊的机会。

"深"与"浅"的真谛

▶ 文／李克红

> 船锚是不怕埋没自己的。当人们看不见它的时候，正是它在为人类服务的时候。
>
> ——普列汉诺夫

圣严法师是我国著名的佛学大师和教育家，他的学说和著作被翻译成多国文字遍布全球。

有一次，圣严法师去台湾讲学，在那里，他参加了一个台湾本土弟子的佛法会。虽然那个弟子佛经不断、成语连串，说得很认真、很投入，但听众们似乎并不买账，讲了一个小时都不到就跑了一小半的人，剩下的虽然没跑，但却有很多都坐在蒲团上打起了盹。圣严法师见此情形，就暗示弟子暂停，然后把弟子单独叫到后屋说："你怎么可以这样说禅呢？你不能说得太深奥，而应该说得通俗浅显一些！"

弟子不解地问："我不说得深奥一点，怎么能显示出我的高深呢？如

果让别人一听就都明白，岂不是让人觉得我的佛法和学识都很浅？那样我还有什么价值呢？"

圣严法师笑笑说："'深'确实代表着内涵，但深得让人听不懂，这种内含就会变得像水中花一般虚幻；'浅'虽然很直白，但却能够让人们听懂并且领会吸收。也就是说，一味地'深'反而是一种真正的浅，而巧妙地'浅'才是一种有意义的'深'，让别人听懂不仅不会降低你的价值，反而还会因为别人的理解与接受而爆出思想的火花，这会让你的整个讲学过程都更有价值，更加深入人心，这也更符合佛法普度的本质。"

听了圣严法师的话，弟子终于顿悟出了"深"与"浅"的真谛，回到讲坛上后，他牢牢记住圣严法师的话，把佛法讲得又生动又易懂，结果听众们的兴趣顿时被提了起来，再也没人打瞌睡更没人离开了！

维罗纳的乞丐图书馆

▶ 文 / 李克红

> 我扑在书籍上，像饥饿的人扑在面包上一样。
>
> ——高尔基

前些时候，我出差到意大利的古老小城维罗纳，在那里，我见识到了一座特别的图书馆——乞丐图书馆！

这座图书馆位于维罗纳的市中心。那天一早，我从那里经过，当时我还不知道这座古老的石砌大楼是图书馆，门口站着不少人，有的扛着脏兮兮的大麻袋，有的挑着黑乎乎的被褥，一个个衣衫褴褛，肮脏不堪，应该都是些流浪汉或拾荒者。我好奇地走过去问他们是不是来这里接受布施，其中一个年纪稍大点的流浪者摇了摇头说："不！我们是来看书的！"可能是看我不太理解吧，他马上又补充道："这是一座乞丐图书馆。"

这时，大门开了，大伙儿把行李放在一个空屋里。这是图书馆专门开辟出来让流浪汉或拾荒者们放行李的。人们有序地进入，自觉地洗手，最

后才各自找书，安静地坐下来阅读。我留意到一个70来岁的老人，他虽然浑身都很脏，但却拿着一本皮兰德娄写的《西西里柠檬》在读，那可是一本世界名著。我和他稍微攀谈了几句，他告诉我，他叫卡尔，前些年老伴病逝，儿女又都在遥远的外地，他就依靠退休金和拾荒为生。"我一天不看书都不行，这10年来，我几乎有一半时间都是在这里度过的！"卡尔说，"读书是世界上最有趣的事情。"

我向他微笑告别，不远处一个抄报的人引起了我的注意。他正在抄写一些职业技术类的报纸短文。那人大概30岁出头，他告诉我，他叫莫里，因为此前从商失败，沦落到了今天这个地步，他现在几乎每天都会来这里读书看报，并将一些有用的内容抄到自带的本子上。"现在多给自己充充电，没准儿将来能用上！"他既像是在和我说话，又像是在给自己打气。

最让我难忘的是个60来岁的长须乞丐，他拿着一本笑话类的杂志在看。看这类杂志应该脸上带笑才对，但他却显得特别认真严肃，像是小学生复习功课似的，我好奇地问他："你这么严肃，难道这本笑话书不够幽默吗？"他抬头看了我一眼，笑着说："不！它非常幽默，但我要努力记住我所看过的每一则笑话。"

"为什么呢？"听了他的话，我更纳闷了。

"我住在一个桥洞下，我们一共有8个人，我喜欢讲一些笑话给他们听，让他们每天都能拥有一个好心情。"他说。

真是天下处处是友情！我不禁对他肃然起敬。接下来，我又随意"采访"了好几人，他们之中有职业乞丐和职业拾荒者，也有落魄的外来工人和破产的商人，甚至还有出过两三本书的非著名作家……

真没有想到，在这座小城里，居然会有一个专门为乞丐和流浪者们设立的图书馆，让我更没有想到的是，这里的乞丐居然也都是爱书之人，甚至是文学爱好者！

我不禁感叹：如果说意大利是一个有尊严的国家，那么维罗纳则是一个有尊严而且有文化的古老小城。有没有文化，并不取决于有没有高大上的建筑，也不在于有多少学者专家，而在于生活在最底层的小人物，他们有没有精神上的追求和享受。

敢于欣赏自己

▶ 文 / 李克红

当命运递给我一个酸的柠檬时，让我们设法把它制造成甜的柠檬汁。

——雨果

　　库德钦科娃是一个年轻漂亮的莫斯科女孩。她个子高挑，皮肤白皙，而且家境也不错，美中不足的是她的右嘴角有一颗大大的黑痣，为了不让别人看到，库德钦科娃总会去用手捂住那半边嘴巴，久而久之，她形成了习惯。

　　有一天，俄罗斯的著名大导演戈沃鲁钦来到学校里选演员，同学们都说库德钦科娃的气质这么好，肯定会被选中，但没想到戈沃鲁钦只是看了几眼一直用手捂着嘴巴的库德钦科娃，最后还是选中了别人。戈沃鲁钦在离开前这样对库德钦科娃说："你是一个很不错的女孩，可惜你缺乏勇气！"

　　"我缺乏什么勇气？"库德钦科娃纳闷地问。

　　"缺乏喜欢自己和欣赏自己的勇气！"戈沃鲁钦说，"如果你某天能够做到把手从嘴边拿下来，并且依旧喜欢自己，欣赏自己，那么你再来联系我！"

库德钦科娃受到了很大的鼓励，她再也不用手去遮挡那颗痣了，她经常对着镜子这样告诉自己："我就是这样子的，这就是我，我应该爱我自己，欣赏我自己！"渐渐的，库德钦科娃那个用手捂嘴的习惯改掉了，她也不再惧怕在人群里展露她嘴角的那颗痣，结果同学们都告诉她说，她比以前更美丽了！

2002 年，高中刚毕业的库德钦科娃给戈沃鲁钦发去了一封电子邮件，她在邮件里这样写道："从前我只听说过做人要喜欢自己欣赏自己，我原本一直不懂，但是我现在已经学会喜欢自己了，我已经有勇气去欣赏自己了！"

库德钦科娃本以为这封信会石沉大海。但一周后就收到了戈沃鲁钦的回信，他在信中告诉库德钦科娃，他们正准备拍摄一部《少女维拉》的电影。刚好需要一个青春少女做女主角，如果库德钦科娃有兴趣的话可以去试镜，库德钦科娃在第二天就赶到了电影公司，结果一试就给人留下了深刻印象——她完全符合影片中的人物要求。

仅此一片，库德钦科娃就在俄罗斯一炮走红，此后多年，她凭借着《锅匠，裁缝，士兵，间谍》《金刚狼 2》《夺命地铁》等大片名扬全球，成了好莱坞屈指可数的优秀俄罗斯女演员之一，而她嘴角的那颗痣，更是成为了她最为动人的魅力象征！

"人的高矮胖瘦并不重要，世界上没有十全十美的人。断臂维纳斯是公认的美丽象征，如果你妄图把她的断臂补上，美感也将不复存在，有时候恰恰是因为人们自己认为的那一点缺陷成就了他（她）们的独特魅力，面对自己的缺点，与其躲避，不如拿出勇气来，好好地去喜欢自己，欣赏自己！"前不久，库德钦科娃在接受美国《电影评论》的采访时曾这样感慨地说。

韦尔奇的自荐名单

▶ 文／古儿

> 如果你想在这个世界上获得成功，当你进入某个沙龙时，你必须让你的虚荣心向别人的虚荣心致敬。
>
> ——让莉斯夫人。

杰克·韦尔奇在大学毕业后进入了通用电气公司，他先是在塑胶事业部工作，因为表现出色，很快成为了通用化学与冶金事业部的总经理。

1980 年，当时的通用 CEO 雷吉·琼斯准备为自己挑选继任人。人事部为他提供了一份包含 96 个候选人的名单，经过筛选，雷吉·琼斯淘汰了 78 人，将人数缩减至 18 人，其中就包括杰克·韦尔奇。雷吉·琼斯把他们召进会议室，坐定后，雷吉·琼斯给每人发了纸笔说："假设我现在马上退休，你们认为谁最适合接任我的工作？我让你们每人都写出 3 个你心目中的适合人选！"不一会儿，大家把名单都递交上来了，雷吉·琼斯翻看着，很快有一张名单引起了他的注意，那上面的三个名字居然全都是"杰克·韦尔奇"，雷吉·琼斯举起名单问："这是谁写的？"

"是我写的。"杰克·韦尔奇站起来说。

"为什么三个名字全是你自己?"雷吉·琼斯问。

"我觉得我是最适合的人。或许我是错的,但事实上我并不足够了解每一个人,不过我却足够了解我自己,我除了有工作热情,还有工作智慧,而且我还有工作责任心,所以我除了选择自己之外,实在不愿意选别人。"杰克·韦尔奇认真地回答说。

话音落下,别的候选人都露出了轻蔑的笑容,要知道,当时的杰克·韦尔奇才 44 岁,是候选人当中年龄最小的,也是人们觉得最没有希望成为继任者的人。但在那一刻,雷吉·琼斯的心中已经有了人选,他就是杰克·韦尔奇!不久后,雷吉·琼斯宣布把通用电气交给杰克·韦尔奇,此举引起一片哗然和质疑,甚至还有人反对说:"他自己推荐自己,凭什么就相信他?"

"就凭他的自荐,道理很简单,一个没有相当实力与魄力的人,是不敢推荐自己的。而他的自信和勇气让我看到了他的决心与能力,所以我选择了他!"雷吉·琼斯这样回复每一个质疑的人。

雷吉·琼斯说得没错,杰克·韦尔奇确实是个有能力有自信的人。在成为通用电气第 8 位 CEO 之后,短短 20 年间,他将公司市值从 130 亿美元提升到了 4800 亿美元,盈利能力位居全美第一,成为全球第二大的世界级大公司,而他本人也被誉为"最受尊敬的 CEO""全球第一 CEO""美国当代最成功最伟大的企业家"!

无论工作还是学习中,我们总以为推荐自己是一件难为情的事情,是脸皮厚的表现。所以即使我们有能力有机会,也甘愿选择推辞以显得自己拥有谦虚的美德,其实我们完全可以像杰克·韦尔奇一样大胆地写下三个自己的名字用来推荐自己,因为过度的谦虚不仅意味着把机会拱手送人,更是在埋没自己的才华与未来。

美国父母不为子女买房

▶ 文 / 古儿

> 共产主义不仅表现在田地里和汗水横流的工厂，它也表现在家庭里、饭桌旁，在亲戚之间，在相互的关系上。
>
> ——马雅可夫斯基

　　转眼来到美国洛杉矶已经3年了，在国内见惯了父母为子女买房的现象，来到美国后见到的情形，还真是让人有些适应不了。

　　去年初，我的同事史密斯结婚了。他和他的妻子都是本地人，按说不愁婚房，可他们在教堂里举办了婚礼之后，就在公司附近租了一个房子，布置了一下就算是婚房了。刚开始我以为他们的家庭都很贫困，谁知后来的一个周末，史密斯在和我们一起郊游的时候路过他的父母家，就带我们进去坐了坐，没想到他们的父母绝对是当地小土豪，他们不仅拥有一家规模不小的运动鞋专卖店，而且还有自己的木材公司。他父母的房子更是不得了，两层单体别墅，还带花园和泳池！回去的路上，我纳闷地问史密斯说："你父母不像没钱人呀，为什么不给你买房子呢？"

"他们的钱是他们的，为什么要给我买房子？我自己也会赚钱，我会自己去创造一切！"史密斯说着，他的妻子也频频点头，还补充说，"是的，我们会努力去创造的！"

我这才明白，原来美国年轻人更希望靠自己去努力！几个月前，公司里来了个新同事，她名叫艾米，是从遥远的密苏里州嫁到洛杉矶来的。她告诉我们说她和丈夫也没有自己的房子，目前住在公公婆婆的别墅地下室里。我被吓了一跳："什么？你公公婆婆让你们住地下室？这太过分了！"

"这是他们的房子呀，不是我们的，他们能让我们免费住地下室已经很好了，这可以让我们省下租房的钱，我和我的丈夫都非常感激，等我们把钱赚够了就会去自己买房子！"艾米微笑着说。

好独立好有骨气的美国年轻人！我不由得赞叹。可是美国年轻人是这样想的，美国家长们又是怎么想的呢？难道他们就不会主动给子女们买房子吗？就在我为此而感到困惑的时候，我认识了杰克夫妇，他们经营着一家生意不错的餐馆，他们唯一的儿子则在离此不远的一家玩具公司里上班，他儿子也是新婚不久，和妻子一起在外面租房子住。"你们应该有能力买房子吧？可是为什么不帮他们买房子呢？"我好奇地问。

"他早就超过 18 岁了，应该独立的，我们的父母也没有给我们买房子。"杰克笑着说，"我们的房子也是我 35 岁的时候才买上的，不过就算我父亲要给我买房子，我也不会要的，因为那样太没意思了！"

"不会吧？"我有点不相信地问，"你是说假如你要给儿子买房子，他会拒绝？"

"是的！我这样举个例子你就明白了：一个人为事业的奋斗就像是你自己正在煮一顿可口的饭菜，这时突然有人告诉你说他要请你吃饭，你最

大的可能是会告诉别人你已经在做饭了，你不出去吃了，因为你更愿意珍惜自己的劳动和创造，对吗？"杰克微笑着问我。

"这……"我不禁语塞，没想到买房子还可以和做菜结合起来理解，不过细细想想还真是这么一回事，正这么想着，杰克又接着说："更何况我们赚的钱有我们自己的用处，我们要经常外出旅行，我们还热衷收藏和公益，即便我们愿意给儿女，他们也会像你在做饭时会拒绝别人请客一样拒绝我们，儿女有儿女自己拼搏出来的事业，面对他们自己创造出来的事业和成就，他们也会觉得更有价值更懂珍惜！"

我们国内有句话叫"儿孙自有儿孙福"，没想到真正理解这句话的却是美国人，其实他们对子女那种看上去放任不管的态度，又何尝不是一种真正的尊重与疼爱呢？

总理卧室里的涂鸦

▶ 文 / 古儿

> 没有和平的家庭，就没有和平的社会。
>
> ——池田大作

中东和北非动荡局势导致难民危机愈演愈烈，给欧洲带来前所未有的困扰。到 2015 年 8 月，已有 30 多万难民横渡地中海涌入欧洲各国，仅在芬兰就超过了 3 万人！

2015 年 8 月初的一天，西皮莱因为参与一项政治活动来到芬兰的北部城市坎培尔。在那里，他看见许多难民流离失所，只能住在立交桥下面甚至露天而宿，西皮莱心里难过极了。虽然，随着难民的不断涌入，芬兰政府也做着一些接待工作，但是芬兰并不是一个大规模移民国家，所以芬兰民众非常不愿意自己国家为别人的战争而买单，对政府的接待工作一直存在抗议。

哪怕如此，西皮莱却依旧觉得可以为难民们做得更多，他觉得难民们

是无辜的。几天后，西皮莱发表电视讲话说："我要求大家停止所有抨击难民的言论，专注于为从战区逃离的难民们提供帮助，让他们在芬兰受到欢迎、感到安全，我决定把我在坎培尔的住宅拿出来对难民开放，作为他们的栖身之所。"

在欧洲各国无法就如何处理难民潮达成共识的这个时候，西皮莱希望能用自己的这个小决定起到带头作用，去共同关爱难民们。那套住宅是西皮莱在担任总理之前的财产，已经很久没有人居住了，可是当天回到家后，西皮莱的妻子却对他提出了不满："那套房子还是很新的，让难民们住进去，一定会被糟蹋得一片混乱！"

西皮莱回复她说："不要计较这些，我们都应对着镜子自问该如何帮忙！"

第二天，西皮莱还请了工匠在自家院子里也搭建起了临时铁棚。几天后，他的住宅就对难民开放了，住进了 100 多人！正因为西皮莱的以身作则，更多的爱心人士和富商们也很快参与进来为难民们提供支援和帮助。短短一个月时间，芬兰境内的三万名难民就全部住进了可以抵挡风雨的房舍里，而且食品药品等补给物质也很快跟上了……

一个月后，西皮莱的妻子出于对自家那套住房的关心，就在保镖的保护下进入了住满难民的房子，她发现房子确实遭到了一定程度的损坏，墙上也变得脏兮兮的，到处是用木炭画起来的涂鸦文字，特别是在总理的卧室墙上，难民们写上了这样几句话："这是一个心中有爱的总理，如果每一个政客都是这样子，我们又怎会失去家园！"

仰望一朵小野花

▶ 文 / 尔东

> 美丽的灵魂可以赋予一个并不好看的身躯以美感。
>
> ——莱辛

屋后有个荒废的小山坡，那里有很多不知名的小野花。

虽然我几乎每天清晨都会去那里散步，对于我而言，它们只是从我脚边溜过的大自然的零星点缀。我知道它们的存在，仅仅是知道而已，我从来没有觉得过它们有多美丽。

那天友人来访，我带他去小山坡上随意走了走，友人用手机拍了一些照片发在朋友圈。当时我没太在意，到了晚上才点开手机看了看，我顿时惊叹不已，那些小野花，居然如此妖娆如此多姿甚至如此伟岸，它们参天的身姿高耸入云、朝阳擎天……

我惊羡于朋友的摄影技术，用手机就能把这么平凡的花儿拍得这般美丽，为什么它们就在我的屋后，可我却从未发现过这般的景致？

"只是角度的问题罢了！"朋友笑笑说，"其实它们一直在你眼前，只是你看它时，它在你的脚边，我看它时，它却在我的头顶，区别仅仅在于你是站着俯视它的，而我是蹲着仰望它的。"

说透了，道理其实挺浅显，但浅显的道理往往最能给人醍醐灌顶般的顿悟。

是的，世界上的很多事物并不在于它的本身美不美，而在于我们用什么眼光和姿态去对待它。用憎恨的眼光，你看到的只有丑陋；用漠视的眼光，你看到的只有平凡；蹲下身子去仰望，哪怕是仰望一朵不知名的小野花，你也能领略到一种生命独有的惊艳与魅力。

猴子与人

▶ 文 / 戊沈

> 人是丧失地位的神。
>
> ——爱默生

　　猴子是动物世界中的智者。有一只名叫聪明的猴子更是灵气十足，它时常看到狮子用锋利的牙齿咬断羚羊的脖子，老鹰用尖锐的爪子抓穿兔子的胸膛。它认为动物世界太野蛮、太残忍了，它非常痛恨这个弱肉强食的动物世界。

　　一次上帝来到动物世界巡视，聪明趁机向上帝说出了自己的苦恼。上帝说："你看哪里善良，我就送你去哪里。"聪明说："听说人类社会十分善良，我想到人类社会中去，体验一下那里的友善和美好。"上帝回答说："那好吧，不过你可千万不要后悔。要记住，期限只有七天。"

　　聪明果然变成了人，它来到了人类社会。一天，它随人流来到一家动物园。它远远望去，有一群人围着一个大笼子看什么东西。它好奇地走

了过去。一瞧，它吸了口冷气，原来，笼子里关着20多只猴子，长期的监狱生活使猴子们变了样子。它们眼神忧郁，脸上写满了仇恨和伤感。它还看到，很多动物也都被人类关在笼子里，受尽折磨，一个个全都神情萎靡，心如死灰。

聪明心想，人类不是最讲文明、讲仁义的吗，怎么这样残忍地对待其它动物呢？它对此十分费解。

它找到一个人，说："我们人类是动物界中最文明的动物，不能对猴子这样残忍，你说是否可以放了它们，让它们到大自然中寻找欢乐。"那人用惊异的眼光看了看聪明，冷冷地说："这不归我管。"然后扬长而去。

聪明又找到一个人，说："上帝说人类最聪明、最仁义了，既然这样，应该把猴子放出去才对，你说是不是这个理。"那人顿时瞪大了眼睛说："放了猴子，你赔得起吗？"

聪明一连问了好多人，人们都感到聪明莫名其妙。大多数都认为聪明有精神病，因而没说几句话，便避开了它。为此，聪明感到十分苦恼。

聪明冥思苦想着，陷入了深深的痛苦之中。它却忘记了上帝给它做人的期限，上帝只让它做七天时间的人。可是七天到了，它仍留在人类社会。

一天，聪明忽然由人变成了猴子。它正巧被动物园的管理员发现了，他用麻醉枪将聪明击倒在地。

从此，聪明也被关进了铁笼子，它永久地失去了自由。

聪明经常在铁笼子里大喊大叫，它说，你们人类应善待一切生灵。可是，谁也听不懂它在说什么。它闹得太凶了，有人就当着它的面，杀死一只鸡。吓得它浑身发抖。后来，它逐渐地适应了这里的生活。

动物园的管理员发现聪明智力明显高于其它猴子。他就采用软硬兼施的办法，把它培养成了一名动物演员。聪明每天被迫做它不愿做的表演，为了避免受罚，聪明只得硬着头皮听从训兽员的指挥，表演得十分卖力。

　　一天，上帝发现了可怜的聪明。上帝对聪明说："我再将你变成人如何？"聪明摇了摇头说："人是最可怕的动物，我不要做人。我不想败坏了自己的名声。"

狐狸求职

▶ 文／丁志

> 责任和权利是双生儿，想要享受权利，那么就勇于承担责任吧。
>
> ——洪敏丽

　　狐狸在山里生活，它拼尽全力，整天为生计奔忙。但是收效并不如意，它常常挨饿、受冻。不仅如此，它还常常遇到危险。一天，狐狸偷了农夫的一只鸡，刚好被一只大黄狗发现，大黄狗忽然扑了过来，狐狸赶紧放弃了那只鸡，拼命地逃跑，差一点就被大黄狗给捉住。狐狸想，假如有一天失手被狗咬住，那么性命就没了，它越想越害怕。

　　它很羡慕家畜们有规律而又平静安逸的生活。当牛耕完田后便回到牛棚，那里有主人早已准备好了的上等饲料，它就可以慢慢地享用了；狗负责看家护院，一日三餐吃得饱饱的，有时还能吃到骨头；猫逮住老鼠当点心吃，本来挺爽的，还会得到主人奖励的鱼，它们实在太幸福了。

狐狸对此很不服气。它认为自己的先天条件并不比牛、狗、猫差，可是，为什么自己的生活状况却远远不如它们。想到这，它感到忿忿不平。它认为这是老天不公平，亏待了自己。

狐狸对牛说："咱们比一比，看看到底是谁聪明。"牛回答说："当然你聪明了。在动物世界里，你是公认的聪明动物，我自愧不如呀。"

狐狸对狗说："咱们比一比，看看谁的相貌更美丽一些。"狗说："当然是你的相貌更美丽。我觉得自己长得很丑，根本比不上你。"

狐狸对猫说："要比机灵，你说谁更胜一筹。"猫说："你是动物界的机灵鬼，这是大家公认的。我爱睡大觉，谈不上机灵，我需要向你学习才是。"

通过与牛、狗、猫的对话，狐狸增加了自信。它想，既然我比牛、狗、猫更优秀，农夫肯定会高看我一眼的。也许，主人会让我当它们的头领，指挥它们做事。于是，它便神气十足地去找农夫求职。它表示，它会像牛、狗、猫一样，尽心尽力，成为农夫家里的优秀的打工仔，决不会辜负主人的希望。

农夫说："凡是到我这里打工的动物，都能胜任一项工作。比如，牛力大，能耕田；狗警觉，能看家护院；猫有捕鼠绝技……你说说，你能干什么？"

狐狸支吾了半天，也没有回答上来。

猫头鹰的哲学

▶ 文 / 丁志

真正高明的人，就是能够借助别人的智慧，来使自己不受蒙蔽的人。

——苏格拉底

在一片山林中老鼠泛滥成灾。它们到处偷盗，还传播一种叫鼠疫的传染病，令动物们十分苦恼。为了消灭老鼠，虎大王任命年轻的猫头鹰为森林守卫官。

年轻的猫头鹰上任之后，它白天休息，晚上便瞪圆两只明察秋毫的大眼睛，不放过任何可疑的目标。发现目标之后，它便猛扑上去，十拿九稳捉到老鼠，令鼠辈防不胜防。只几天功夫，森林中的老鼠被它捕杀得只剩几只，眼看就要绝种了。年轻的猫头鹰心想，等消灭最后几只老鼠，我就向虎大王请功，想必虎大王一定会奖赏自己。

一天夜间，年轻的猫头鹰在森林中巡视，在森林的一角发现了一只老猫头鹰，这只老猫头鹰双眼已经瞎了。它已捉不到老鼠了，只有寻找一些死老鼠裹腹，聊度残生。年轻的猫头鹰见老猫头鹰可怜，便主动上前说话，越说越近乎。

老猫头鹰告诉年轻的猫头鹰，当年它就是森林的守卫官，它听了虎大王的话，奋力捕鼠，只几天功夫就把森林中的老鼠捕光了。于是，它向虎大王请功。

它本来以为虎大王能够提拔重用它。不料，虎大王只是给了它一个没有用的奖章。然后告诉它，既然森林中的老鼠捕光了，你已经没有用了，你走吧。它一怒之下得了一场大病，后来眼睛就瞎了。

"你千万别把森林中的老鼠捕光，否则你就会和我一样。"老猫头鹰语气沉重地说。

年轻的猫头鹰从老猫头鹰身世中得到启发，它认为老猫头鹰说的是对的。于是它从此便睁一只眼闭一只眼。只是象征性地捉鼠，而使大部分老鼠放任自流，以至于老鼠十分猖獗。

大家都说年轻的猫头鹰无能，可年轻的猫头鹰却说无能是一种聪明。现在它稳稳地当着它的森林守卫官，还经常获奖呢。

第五辑

Chapter Five

唯美阅读

Weimei
Yuedu

神 狗

▶ 文 / 丁志

把命运打倒吧，尽力做人应该做的事情。

——印度谚语

　　虎大王养了一只狗。这只狗因为有虎大王这个靠山而横行无忌，它经常偷吃其它动物的美食，有时还咬伤、咬死其它动物，因而它在动物界臭名远扬。

　　时间长了，大家实在对这条恶狗忍无可忍了，于是有些动物准备了一些毒药，计划毒死这只恶狗。这一天，黑熊、黄牛、梅花鹿都备下了放了毒药的美味，等待狗的到来。

　　那条狗首先来到了黑熊家的院子里，见了美味刚想吃，却一下子栽倒在地，口吐白沫，看样子是中毒了。黑熊想，虎大王对自己有栽培之恩，这狗万万不能死在自己家，如果它死在了自己家的院子里，那么虎大王说自己恩将仇报，会撤了自己的职，那还了得。于是黑熊赶紧从家中找来熊胆解毒丸，给狗服上。不一会儿，狗身上的毒性减去了一大半。它慢吞吞地走了。

黄牛正在耐心等待着狗的到来，那只狗刚走进黄牛的院子，便一下子躺下不动了。黄牛赶紧走上前，一瞧，狗嘴冒出了白沫。黄牛心想，自己是平民一个，没权没势，这狗要是死在自己的院子里，那么虎大王会兴师问罪的，自己哪吃得消呀。于是它赶紧把牛黄解毒丸拿来，给狗服下。过了一会儿，狗果然站了起来，大摇大摆地走了。

梅花鹿战战兢兢地把下了毒的美味放在院子里，躲在屋里观察动静。只见那只狗刚进院门便倒在地上了。梅花鹿慌忙跑了过去一看，狗浑身抽搐。梅花鹿想，虎大王对自己身上的一切都垂涎三尺，如果这狗死在了自己的院子里，那么虎大王会以此为借口大开杀戒的。如果那样就惨了，于是它立马从家中取出了鹿茸败毒散，给狗服下。不一会儿，狗便站起身来，摇摇晃晃地走了。

狗依旧胡作非为，大家无可奈何。

一次，羚羊、骆驼、驴子在一起聊天。它们是好朋友，无话不说。

羚羊说："那天我在美食中下了剧毒药品，可狗吃了竟然安然无恙，真奇了。"骆驼说："我也在食品中下了毒，狗吃了竟然不死，真怪了。"驴子说："俺也在食物中下了毒，我亲眼看着狗吃了有毒的食物。狗竟然还活着，真神了。"

说着，大家似乎悟出了什么，它们异口同声地说："天哪，那是一条毒不死的狗！"

它们哪里知道，这条恶毒的狗分别被黑熊、黄牛、梅花鹿救了，它们都是那样的无奈呀。

失算的耍猴人

▶ 文／丙丕

> 位尊身危，财多命殆。
>
> ——南朝·宋·范晔《后汉书·冯衍传》

一位耍猴人在大街上狠狠地用皮鞭抽打着那个可怜巴巴的猴子。

也许是他耍猴的技术不佳，也许是他虐待动物引起了大家的反感，总之，看耍猴的人少得可怜。显然耍猴的人心情不好，嘴里还骂个不停。他将不满全都发泄到猴子身上。猴子吱吱地叫着，怒目圆睁，看样子它很痛恨那个耍猴人。

大概是耍猴人太累了，他不慎将鞭子掉在地上，那猴子眼疾手快，一把将鞭子抓在手中。它愤怒地用鞭子抽向耍猴人，一下、二下、三下，那人想夺回鞭子，可总夺不到手。他愤怒地骂着，但毫无办法。人们看耍猴人被猴子打了，感到大快人心，于是纷纷前来观看。耍猴人转怒为喜，他趁机向观看的人要表演费，不一会儿，他就收了很多钱。

钱到手了，激发了他的灵感。他想，猴子打我就来钱，那么就让猴子打吧。于是，从这天开始，每一次耍猴，他都表演猴子打人节目。猴打人不但使用鞭子，还使用木棍、石块、铁圈等，耍猴人常常被打得狼狈不堪，有时被打得鼻青脸肿。令观众开怀大笑，十分惬意，自然耍猴人从中得到很多好处。

猴子一开始打人有些害怕，它总是战战兢兢，显得很拘束。可在人的示意和鼓励下，它一点点地胆子大了起来，它在不知不觉中体会到打人的乐趣，于是，它越打越起劲了，它很快就爱上了这一打人的游戏。一到表演场地，它就迫不急待地对人发起进攻，就像当初人打它一样。后来，一天不打人，它便感到心情烦躁，它不打人就受不了。

不过，耍猴人还是不断地给猴子提供打人的机会，因为这样可以赚到钱。

时间久了，猴子觉得这样打人太平淡了，缺乏刺激。于是，它突发奇想，如果把人杀死，那该多么有趣呀。

一天晚上，耍猴人已睡。猴子解下了束缚它的绳子。它来到耍猴人的房间，找到了耍猴人护身的刀，它握着刀，瞄准耍猴人的胸口猛地捅了进去。耍猴人大叫一声，睁开了眼睛，只见猴子手舞足蹈，高兴极了。他想抓猴子，但是一点力气也没有了。

耍猴人就这样死了。

十二生肖新排名

▶ 文／丙丕

> 看不上自己地位的人肯定也配不上这种地位。
>
> ——哈利法克斯

　　牛年马月鼠日，玉皇大帝宣布，要采取公开竞聘的方式重新确定十二生肖。这在动物界产生了极大的反响，大家踊跃竞聘。参加者如八仙过海，各显其能，都全力争取进入十二生肖。经过激烈的竞争，新的十二生肖排名榜已经确定。

　　第一名：龙。在地球上，人无疑是最为强大的，而在人类几千年的文明历史上，龙曾在中华大地上声名显赫，它是天子的象征，有真龙天子之称。按照君君臣臣、父父子子、上下有别、长幼有序的原则，让龙在十二生肖中排第一名是十分恰当的，没有谁敢与龙争第一。其实，龙就是神，神自然要排在前面。

　　第二名：人。人原来不在十二生肖中，这是玉皇大帝的一大疏忽。人也是动物，为什么不把人纳入十二生肖呢？有一句俗话，人是万物之灵。不仅如此，事实上，人已经统治了这个世界。人出于善心，才把这个世界的动物留下了一部分。如果人想灭绝这个世界上的其它动物，简直易如反掌。人这样厉害，纳入十二生肖是理所当然的事情，排序靠前也是毫无疑问的。

第三名：虎。虎是兽中之王，其威名远扬。把虎排在十二生肖的第三位，是对虎大王地位的承认。在过去的十二生肖中，把鼠和牛排在了虎大王的前面，实在是对虎大王的不尊重。以前，虎大王作为动物领导不计较此事，真是胸襟开阔，是大王肚子里能撑船。虎大王受到这样的不公正待遇，这是极大的失误。现在对此予以纠正，使十二生肖排序公正合理。

第四名：蛇。蛇是龙的亲属，有小龙之称。它在血缘上和龙一脉相承，在它身上有龙的影子。鉴于此，蛇列入十二生肖是当之无愧的。

第五名：兔。兔的祖先在月亮上和嫦娥是好朋友，嫦娥是神仙，我们决不能得罪神仙，这是原则问题。凭这一点，必须把兔列入十二生肖。再说，人家都把广告做到月球上去了，这影响可不小，不能不考虑。

第六名：象。动物要列入十二生肖，其形象也是十分重要的。象看上去高大魁梧，端端正正，风度极佳。所以有必要把象列入十二生肖。以前象不曾列入十二生肖，却把长得平平常常只知道干活的马和牛、只会看家的狗列入了十二生肖，这实在是一个很大的失误。

第七名：孔雀。要进入十二生肖，除了有名气有资历之外，还应长得美。孔雀无疑是很美的，美就是资本，美就是财富，孔雀这么美，当然要列入十二生肖。

第八名：熊猫。熊猫是世界上珍稀动物，物以稀为贵嘛。就凭这一点，就应把它列入十二生肖，以提高十二生肖的品位。由于熊猫稀少，属

于濒危动物，把熊猫列入十二生肖，具有深远的政治意义和历史意义，其作用是不可低估的。

第九名：鹰。选十二生肖要照顾到各个方面，以上都是陆地上跑的，还没有能真正在蓝天上飞翔的。鉴于此，把鹰列入十二生肖，算是代表天上一族的。

第十名：鱼。以上陆地上的有了，天空中的也有了，就缺水里的了。就把鱼选入十二生肖，这样在十二生肖里，陆地上走的、天空中飞的、水里面游的都有了，很全面，可谓十全十美。

第十一名：猪。猪是下凡的天蓬元帅，它是天上来的。一定得考虑，这是毫无疑问的。但猪在动物界一直以好吃懒做闻名，为了避免大家来质疑，就把猪放在靠后一点的位置上，这样不会有问题的。人家再不争气，好歹前身是神仙呀。

第十二名：鼠。鼠在原来的十二生肖中占第一位，鼠面貌丑陋，又没有大的本事，充当十二生肖很不合适。但鉴于鼠在过去也曾做过一些贡献，有一定的资历，就保留它在十二生肖中的一席地位吧，照顾一下它的面子，这也在情理之中。

书画鉴赏家

▶ 文 / 丙丕

> 虚伪不可能创造任何东西，因为虚伪本身什么也不是。
>
> ——格拉宁

斑马是动物世界著名的画家。它的画价值连城，一般的动物别想得到它，甚至连看一眼的机会都没有。虎大王是斑马作品的主要收藏者，被誉为书画鉴赏家。虎大王为自己拥有鉴赏家头衔而产生了极大的成就感、自豪感、幸福感。

狐狸是书画爱好者，只是成绩平平。它看过斑马的画，对斑马的画如此值钱而羡慕不已。一天，它突发奇想，如果能模仿斑马的手法创作一些画，冒充斑马的作品出售，肯定能赚取大钱。于是狐狸费了九牛二虎之力，终于画出了一张画，盖上了私刻的斑马图章。它把画交给老鼠，让老鼠去卖画，并约定，如果老鼠把画卖掉了，它将给老鼠若干辛苦费。

有一天，老鼠在自己开办的书画店挂起了狐狸的画，声称这是斑马

的画。当虎大王听到老鼠出售斑马作品的消息时，急忙赶到了老鼠的书画店。它仔细地看了看这幅作品，却弄不清真伪。它犹豫不决，不知如何是好。这时，狐狸上前了，它对老鼠说："这幅画肯定是假的，斑马的画能够拿到你这个小店来卖吗？便宜处理算了。"老鼠很固执，说钱少了坚决不卖。

第二天，有动物向虎大王传递了一个消息。说狐狸正在私下与老鼠讨价还价，非要买下那幅画不可。虎大王一听，猛地一拍大腿，骂道："狐狸这鬼东西，它当众说画是假的，背后去搞小动作，想巧取那幅画，太可恶了。"于是，它令黑熊带着重金到老鼠的书画店，赶紧去买回了那幅画。

那幅画属于虎大王了。虎大王把画挂在了大王府大堂的正面墙上，它整天美滋滋地欣赏着，百看不厌。

这一天，狐狸前来做客，说那张画是自己画的，冒用了斑马的名誉，请虎大王宽恕自己的罪过。

虎大王听了这话，肺都气炸了。但它没有发脾气。它心想，要是让动物世界知道自己买了赝品，岂不丢尽了自己鉴赏家的脸面，以后谁还能相信自己是鉴赏家，这面子可是无价的，丢啥也不能丢面子。于是它私下与狐狸达成了协议：虎大王给狐狸一笔巨款，让狐狸永远保守秘密。狐狸心想，我要的是钱，你要的是脸，各取所需，两全其美。

于是这笔买卖顺利地成交了。

狐狸仍然当它的书画爱好者，而虎大王仍然当它的书画鉴赏家。

死于功劳的大象

▶ 文 / 乙年

> **风险越大，甘冒风险的自傲感也越强。**
>
> ——罗曼·罗兰

　　东山和西山被一条十多米宽的山谷隔开。大家都说：如果有一座桥就好了，那样就可以轻松在东山和西山往返了。

　　大象是动物世界的大力士，它决定承担这项重要的工作。于是，它用自己那强有力的大鼻子搬运来十几棵又长又粗的大树，架在山谷上。再用一些藤条将大树相互连接，制成了一座坚固的桥。大家在桥上来来往往，感到幸福极了。

　　大象为动物世界立了一次大功。大家对大象十分感激，它们专门为它召开了庆功会，表彰和奖赏大象。虎大王亲自为大象披红戴花，授予了大象功勋动物、劳动模范、道德楷模、动物精英等称号，大象一下子成了动物世界的大英雄。

在领奖台上，大象谦虚地说："我只不过做了一些我应该做的事，可是大家给予我这样高的荣誉，我感到很惭愧呀。"

从此以后，每一位动物见到大象，都称它为大象英雄，并向它表示敬意。大象每到一个地方，大家总是给予大象许多特殊的照顾。时间长了，这些特殊的照顾变成了特权。大象觉得拥有这种特权很舒服、很有面子，也有许多实实在在的好处，它觉得自己是世界上最不平凡的动物。

后来，动物世界传说大象是上帝派来的使者。这种说法越传越广，以至家喻户晓。大象弄不清自己是哪里来的，但是，它觉得说自己是上帝派来的并非不妥，因为这是对自己的尊重和崇拜。它想，除了自己，有谁能够堪称上帝的使者。

大象的脾气在悄然地变化。谁要是稍有对它不敬，它就会两眼冒火，甚至大打出手。要知道，大象会轻而易举地将其它动物抛到很远的地方，摔得骨断筋裂。不少动物由于不小心招惹了大象，而受到了大象的惩罚，丢掉了性命。随着时间的推移，大象已经对此习以为常了。

大象的过激行为引起了许多动物的不满，它们纷纷到虎大王那里告大象的状。虎大王心里不高兴，可是，它觉得大象功劳巨大，不能轻易处罚它。于是它说："看在大象拥有巨大功劳的份儿上，就原谅它的一些失误吧。"

大象想，连虎大王都拿自己没有办法，我愿意干啥就干啥。

大象的坏脾气变本加厉。它常常站在桥上，看谁不顺眼就把谁扔到桥下面去。听到万丈深渊里传上来的呼喊声，它觉得很过瘾，很有趣。

大家渐渐明白了：大象已由当初的英雄变成了魔鬼。于是，在虎大王的支持下，大家决定处死大象，还动物世界以安宁。

一天，大象落入了大家为它专门挖好的陷阱中。它痛苦地挣扎着，但一点用也没有。它大骂大家忘恩负义，不该用这种办法对付一个功臣。

大家含泪将大象埋葬了。大家为大象惋惜，说功劳和它对待功劳的心态害了大象。假如当初大象没有那么大的功劳，也许它依然是一个朴实无华的平民。

可是，巨大的功劳改变了大象的一切。

死于胜利的鲸鱼

▶ 文／乙牟

学人一骄便不能为学，所以第一要去"骄"字。

——谭嗣同

一条青年鲸鱼在海洋中悠闲地游着。大大小小的鱼发现了它之后，都纷纷逃命。青年鲸鱼很得意，也很自信。

鲸鱼是海洋中的霸主。它拥有巨大的身躯，游动起来如排山倒海一般，力大无比，威风极了。

青年鲸鱼饿了就去找鱼群。当它接近鱼群时，鱼们还不知是怎么回事，于是它们就连海水一同被青年鲸鱼吞到了嘴里。青年鲸鱼将海水吐掉，将鱼们咽到肚子里。有时，青年鲸鱼吃饱了，也喜欢追逐鱼群，看它们狼狈逃命的样子。

沙丁鱼是青年鲸鱼爱吃的鱼。沙丁鱼常常被它成群结队地吞进腹中，青年鲸鱼已严重威胁着沙丁鱼的生存。沙丁鱼中的一位智者决定除掉这只可恨的青年鲸鱼。可是，沙丁鱼要杀死青年鲸鱼，那不是白日做梦吗？但是，这只沙丁鱼中的智者自有它的想法，于是它组织一大群沙丁鱼向这条青年鲸鱼冲击。

青年鲸鱼感到很好笑，这同送食物有什么两样。于是，面对纷纷冲上来的沙丁鱼，它不紧不慢地张开大嘴，将一群群沙丁鱼尽收口中。事情显而易见，胜利者百分之百是青年鲸鱼。

一天又一天过去了，沙丁鱼总是以失败而告终，而青年鲸鱼总是以胜利结束战斗。每次取得胜利，青年鲸鱼都十分兴奋，它总是兴致勃勃地追逐沙丁鱼的残兵败将，将它们一一收入口中。在一次又一次的胜利中，它体味着胜利者的喜悦和自豪。

有时，青年鲸鱼想，沙丁鱼就这样同自己决战，实在是太愚蠢了。如果要从海洋中选世界上最愚蠢的鱼，那么肯定非沙丁鱼莫属了。

一天，一大批沙丁鱼又向青年鲸鱼发起了挑战，青年鲸鱼一张口就将它们消灭了大半，剩下的一小部分狼狈逃跑。青年鲸鱼来了兴致，心里想，你们哪有我跑得快，一个也别想跑。于是，它尾随在后一口一口地吃掉沙丁鱼。沙丁鱼越来越少，但仍然有一些沙丁鱼试图逃过青年鲸鱼的追杀。青年鲸鱼决定乘胜追击到底，将它们彻底消灭干净。于是，它一路追了下去。

青年鲸鱼忘了追出了有多远，正当它要张口吞下最后几只沙丁鱼时，忽然发觉自己的肚皮已经触到了浅水滩的沙子，它知道这很危险。可是，由于用力过猛，它此时已经无力控制自己的身体，只见它的巨大身躯一下子冲上了沙滩，它想抽身返回，可是来不及了，它搁浅了。它挣扎了许久，最后无奈地死去了。

海龟将这一切看得清清楚楚，它说："这是一条死于胜利的鲸鱼。"

算计自己

▶ 文／乙车

> 如果您失去了金钱，失之甚少；如果您失去了朋友，失之甚多；如果您失去了勇气，失去一切。
>
> ——哥德

田野里有两只老鼠，一白一灰。白老鼠和灰老鼠是好朋友，整天形影不离，互相帮助。它们整天为生存忙忙碌碌，日子很平淡，也算过得有滋有味。

有一天，白老鼠和灰老鼠一同去森林觅食，意外地发现了一箱珠宝，它们高兴极了。它们想，有了这箱珠宝，就会过上一辈子荣华富贵的生活。它们决定把这一箱珠宝运回家，于是它们轮流背着那只沉重的箱子向家走去。走了很长时间，它们觉得又累又饿，于是决定坐下来歇歇脚，吃一些东西，然后再走。经商量，由白老鼠去寻找吃的东西，灰老鼠负责看守那箱子珠宝。

　　白老鼠一边寻找食物一边想，那只珠宝箱运到家后，得将珠宝分给灰老鼠一半，假如那一箱子珠宝都属于自己该多好呀。它心里开始恨起了灰老鼠，它恨灰老鼠与它平分这一箱子珠宝。它大脑中忽然冒出了一个想法，如果将灰老鼠杀死，那么这一箱子珠宝就完全属于自己了。它越想越兴奋，口中哼起了小曲。它寻思，用什么办法杀死灰老鼠呢？它忽然发现有人在地上放了毒饵，它赶紧将毒饵放进手中的食物中。它想好了，回去之后，就说自己已经吃过了，这些食物是留给灰老鼠吃的，灰老鼠怎么会想到食物中有毒呢。它觉得，那箱珠宝全是自己的了。

　　灰老鼠静静地看守着那箱珠宝。它心里渐渐产生了一种不满足之感。它想，要是白老鼠不回来就好了，那么这箱子珠宝就完全属于自己了。进而又想，即使白老鼠回来了，我照样可以杀死它。主意打定，它便寻求杀死白老鼠的最佳办法。

　　它偶然发现了猎人放在树底下的鼠夹。于是，它决定利用这只鼠夹来杀死白老鼠。它慢慢地将鼠夹移到白老鼠回来的必经之路上，并对鼠夹进行了掩盖，以使白老鼠不能发现。

　　白老鼠兴冲冲地回来了，它没有注意到路上的杀机，一下子就踏在了鼠夹上，鼠夹啪的一下，将白老鼠的五脏六腑都打碎了。白老鼠痛苦地挣扎了几下，便断了气。

　　灰老鼠大喜过望。它看了看死去了的白老鼠，说：你不要怪我，我实在是太爱这箱珠宝了。它拾起白老鼠扔在地上的食物。心想，吃饱了再赶路。

　　它狼吞虎咽地吃完了白老鼠带回来的食物。它刚想去扛那箱子，猛然觉得腹中剧烈地疼痛，越来越重，如刀割、如针刺，它满地打滚，痛苦挣扎着，不一会儿就死去了。

　　它们都想算计对方，结果却算计了自己。

用烈焰熔化尖刀

▶ 文／林萱

> 如果我们做与不做都会有人笑，如果做不好与做得好还会有人笑，那么我们索性就做得更好，来给人笑吧！
>
> ——佚名

在地铁上，听到两个人在争论郭敬明的身高。

一个说："我记得郭敬明是 1 米 53 吧？"

另一个说："哪有 1 米 53，听说郭敬明只有 1 米 47！ 1 米 47，哈哈，我家 9 岁的小侄子都 1 米 5 多了……"

不一会儿，他又旁若无人地问同伴："考你个问题啊，门铃响了两次，你从猫眼往外看却怎么也看不到人，为什么？"另一个答不上来，问的人像捡了个宝似的带着炫耀的口吻说："答不上来吧？那是郭敬明在按你家门铃啊！哈哈！"

我不禁瞥了一眼那个肆意埋汰别人还得意扬扬的人——就算郭敬明在

身高上逊色一点，你至于如此吗？

　　1983 年出生的郭敬明，从小体弱多病，小时候住院是家常便饭。他学习成绩优异，因为老是生病，他不太爱运动，更不爱热闹，性格内向而安静，心思细密而孤独。

　　"穆穆鲁侯，敬明其德"，当年他的祖父为他取名"敬明"，希望他如《诗经》中的鲁僖公那样，拥有光耀的品德。他也常以此自勉。因此成名之后，常常因身高被人嘲笑，甚至诋毁攻击，但他很少予以回应，仍一如既往地努力工作。

　　唯独一次回应，是在今年的机场误会事件之后。

　　那次郭敬明背着一个双肩包过机场安检，机场一位工作人员误以为他是未成年人，大声喊他："小朋友，小朋友！你爸妈呢？你一个人吗？"

　　这次事件之后，有人在网上不怀好意地讽刺，大意是如果郭敬明被发现是成年男性，安检会叫他走残疾通道。郭敬明此次破例打破了沉默，他回应道："是的，我个子是不高，但不至于残疾。这是我爹娘给的，我不抱怨，他们已经给了我太多，连命都是。就算残疾你也没资格嘲笑！这个世界有很多盲人聋哑人残障者，你身体健康，应该去做更有意义的事而不是嘲笑别人的缺陷。你不是世上最高的人！"

　　郭敬明的这次回应得到了不少人的认同，有人说："毋须在意那些讽刺你的人，你的才华早已胜过姚明的身高！"

　　郭敬明，一位 80 后的大男孩，他的人生以 18 岁为分水岭，不到十年时光，由一个家境平平、寂寂无名的小城少年，成长为一位在中国青春文学领域挥斥方遒的领军人物。

　　他也曾因为自己的桀骜和年少气盛，招致不同程度的言语暴力。但近些年，因年少而峥嵘的棱角已渐渐被岁月与现实磨平许多。

　　无论他身高多少，如果我们能认真地想想，2001年18岁的他，从那个名叫自贡的西南小城出发，带着几件行李独自一人去上海读大学。来到繁华万丈的陌生都市，灯红酒绿，摩天大楼，都似乎与他两不相干。他像千千万万来到这个都市的外地少年一样，对这个光影迷离的都市充满了梦想与期待。

　　谁能想到，仅仅3年后的2004年，福布斯中国名人榜第94位的名字就是"郭敬明"；仅仅5年后的2006年，中国作家富豪榜第5名的名字就是"郭敬明"，此后的2007年、2008年、2011年更是跃居榜首；2013年6月，由他自编自导的同名电影《小时代》问世，并获第16届上海国际电影节中国新片"最佳新人导演"奖，2013年前三季度国内电影票房国产片前十名中，《小时代》合计揽得近8亿票房；2013年11月，他创立的上海最世文化整体价值已达7亿元，他在中国青春文学出版市场上占据近80%的份额；如今，他的身份证上印着"上海市静安区"，他在寸土寸金的上海已经拥有多套豪宅，他的父母坐上了凯迪拉克……

　　有人甚至说，2013年刚满30岁的郭敬明拥有不可限量的未来，他正书写着一段中国青春文学出版及电影的神话。

　　这样的飞跃，令人瞠目结舌的同时，不禁让人疑惑：这个弱不禁风的矮个年轻人，身体里究竟蕴藏着多少未知？

　　当然，也许有人会认为用财富来衡量一个人有点流于"肤浅"，但是，试问，每一年有多少年轻人在上海寻梦？又有几个人能在短短几年里实现人生的如此飞跃？新概念作文大赛从1998年开始，拿过一等奖的也有数百人，但能被人立即叫出名字的寥寥可数，他是其中之一。

　　周杰伦有一首歌叫《蜗牛》："随着轻轻的风，轻轻的飘，历经的伤都不感觉痛。我要一步一步往上爬，等待阳光静静看着我的脸……"，如今的郭敬明，人生可以说是洒满了灿烂的阳光。

但，黑夜沉寂之时，过去岁月里那些历经的伤，还是会像窗外的清冷月色，在不经意间窥视内心。

他记得，他参加新概念作文大赛进入复赛后，平生第一次离开家乡的小城，来到繁华万丈的上海滩。当他乘完地铁，从上海人民广场的地铁口上到地面，他顿时"吓傻"了——四面八方的摩天高楼，最矮的那栋都比他以前见过的都高，他觉得自己快喘不过气来。

此后，他就迷恋上上海这座城市，他甚至觉得"燃亮整个上海的灯火，就是一艘华丽的邮轮。"再后来，他报考了上海大学。

而这座他无比迷恋的都市，除了给了他希望，还给了他屈辱。

他记得，那一年，他在上海读大学，母亲千里迢迢从家乡来看他。他想带母亲到处看看，乘地铁的时候，他一时疏忽，自己先刷卡过了闸机口，而第一次乘地铁的母亲不会刷卡过闸机口旋杆。母亲在那里慌张得手足无措，他正准备上去帮母亲，一位地铁工作人员走了过来帮母亲过了闸机口。他刚想开口说一句"谢谢"，没料到对方轻蔑地瞟了一眼母亲后，轻声吐出一句："册那，港色特了"（他妈的，笨死了！）

声音虽然不大，但当时犹如一记闷棍敲在他头上，他一瞬间目瞪口呆地站在那里，气得微微发抖。他看到母亲还在那里卑微地赔着一脸笑，向人家道谢。他没有再对母亲说什么，他不想让听不懂这句上海话的母亲再次受到屈辱。他心如汤煮。

他记得，那一年，他开始赚了些钱，就从上海买了个 Gucci 背包带回家乡送给母亲。母亲并不太懂得这个品牌的意思，但发票上那个巨额数字让她有些惊惶和不安，这是母亲 50 年来收到的最为昂贵的礼物。

他回家乡时忘了带隐形眼镜药水，第二天一早母亲趁他还在熟睡，换

了身衣服，背上他给买的 Gucci 包出去为他买药水去了。当他醒来起床时，惊诧地发现母亲坐在那里抹眼泪，旁边是那个 Gucci 包，但已经被小偷划开了一个大口子。父亲在一旁责备母亲不该背着这包出去炫耀。母亲委屈地小声辩解：“我没有炫耀的意思……孩子买的，我高兴，想背……”

当天半夜他醒来时，发现父母还没睡，父亲戴着老花镜，在不甚明亮的黄色灯光下，用胶水一点点粘包上那条大口子。他立在那里，望着父母的身影，喉咙慢慢锁紧；他成为名人后，父母仍小心生活，尽量不让别人知道是他的父母，他们怕给孩子丢脸。父母出席过几次他的签售会，每次都是默默地站在最远的角落，脸上带着欣慰和激动的微笑，远远地望着他们的孩子在那里忙碌。待签售快要结束时，他们又默默地回到休息室，拿着孩子爱喝的饮料等着他。

父母给了他精神上的无限支持，所以他说：“最美的孝顺是每一个细节的付出，当我用名人的身份，营造家庭的责任，就是用我的形象和身躯阻挡住舆论的攻击，回归家庭一片温暖祥和的净土。”

他记得，2004 年“岛”工作室成立之初，他和几个伙伴在上海闸北区租了一间三室一厅的公寓房，办公、吃住都在一起。前途未卜，压力很大。一天夜里，一位合作伙伴听到有人在小声啜泣，扭头一看原来是郭敬明，他一边哭一边说：事情那么多、那么忙，而自己也没有写东西的状态，这一切何必何必……

还好他们的努力没有白费，《岛》一出版上市就获得了巨大成功，销售量很快从最初的四五万份飙升到 20 万份。他带领着伙伴们作图、排版、约稿、写稿，常常熬通宵。正当他们准备用一颗火热的心去拥抱未来时，一个沉重的打击突然袭来，庄羽状告他抄袭一案以前者胜诉而告终，他的声誉瞬时降至冰点，与出版社的合作也暂停。

那样的沉重打击不是每个人都能承受，他虽然情绪也低落了一阵子，但没有被击垮。2006 年，他们从闸北区那个公寓楼搬进杨浦区一个 170 平米的商务楼里，他的人生之帆再次鼓风远航。

直到如今，有关他身高的嘲笑声仍不时响起，但正如英国哲学家托马斯·布郎说：当你嘲笑别人的缺陷时，却不知道这些缺陷也在你内心嘲笑着你自己。

让我们留意一下就会发现，往往那些喜欢嘲笑别人的人，一辈子毫无建树，无声无息地消逝于时间的河流里，泛不起一丝浪花。

而往往那些被嘲笑的人，却奋发图强，逐渐以顽强的生命力在痛苦的泥淖里，开出了夺目的人生之花。

那些冷冷的、无情的嘲笑像一把把刀子深深扎进了他们的心。他们没有立刻将那把无形的刀从心里拔出来，只是说了一句：谢谢你这么歧视我，我会让你看看我是怎么做的！

他们把那把刀留在心里，让那刺心的感觉，一次次、一天天地提醒自己：只有自己的行动，能够给嘲笑自己的人一记响亮的耳光！只有自己的成功，才是熊熊烈焰，将这把刺心之刀烧熔！

是的，那些刺耳的嘲笑，那些无情的眼神，是一把把的刀，刺进人心。

如果你也遭遇这些，记住，就像郭敬明那样，别拔它，就让它插在你的心上，然后忍住痛，跋涉。

当你跋涉到一定高度的时候，你的热血会沸腾，会变成一股烈焰，熔化那把尖刀。

然后，你含着热泪回望。

笑吧——那些曾经嘲笑你的人，渺小得早已不在你的视野之中。

瘦鹅启示

▶ 文 / 侯曼巧

> 只有把抱怨环境的心情，化为上进的力量，才是成功的保证。
>
> ——罗曼·罗兰

　　大约 10 年前，一位 80 后的年轻人在一次偶然的机会里，知道了台塑大王王永庆与一群瘦鹅的故事，知道了王永庆的"瘦鹅精神"。他没想到，瘦鹅精神竟对他产生了极大影响，让他此后的 10 年人生，冰火两重天。

　　抗日战争期间，粮食缺乏，鹅饲料也相应地极度匮乏。许多养鹅户只得让鹅到野外吃野草，鹅都饿得瘦骨嶙峋，养鹅户都想把这些鹅转手卖掉，以减少损失。可是这种情况下，怎么会有人买鹅呢？

　　没想到王永庆却买下了许多的鹅。人们都说他疯了，没有饲料，这些鹅买回来还不是饿肚子？可王永庆毕竟是王永庆，他用一种人们想不到的东西来喂鹅，那就是包心菜的老茎、老叶子喂鹅。这些都是人们不要的东西，而且这东西纤维粗，鹅吃了不好消化，所以就没有人想到用它喂鹅。但王永庆却认为，瘦鹅在备受饥饿折磨之后，具有强韧的生命力，不但胃口奇佳，且消化能力极强，只要有食物吃，它们会很快肥壮起来。他将大量的老茎、老叶搭上极少量饲料喂鹅，果然，经过几个月的用心喂养，那些两斤来重的瘦鹅竟长到了六七斤。

事后王永庆说：任何人在失意之时，要像瘦鹅一样忍饥耐饿，锻炼自己的忍耐力，只要没饿死，一旦机会来临，就会像瘦鹅一样迅速地强壮起来。

王永庆这句话，那位 80 后年轻人牢记了 10 多年，他说：在我最艰难最失意的时候，是"瘦鹅精神"像一盏指路明灯鼓舞我，让我冲破黑暗，迎来人生的万丈朝晖。

10 年前，他茫然无措，一文不名，10 年后，他在万众瞩目的演讲台上挥斥方遒；10 年前，他 50 多天找不到活儿干，衣食无着，10 年后，他成为中国培训业颇具影响力的企业核心领导人；10 年前，他在刺骨寒风里摆地摊卖书被城管追得面如土色，到今天他成为多本畅销书作者；10 年前，他从早上 8 点干到晚上 9 点，一天只有 5 元钱收入，10 年后，他资产过亿……

他叫成杰，在教育培训界他具有"演说培训王子"的称号。他的 10 年魔术般的人生轨迹，让许许多多年轻人深受启示。

1982 年，成杰出生在四川凉山彝族自治州一个偏僻小山村。自古道，蜀道之难，难于上青天，大山将他的家乡几乎与世隔绝。父母都是土里刨食的憨厚农民，在成杰的记忆里，父母总是天蒙蒙亮就带点干粮下地干活，一直到晚上八九点回来是常事。遇到农忙竟要干到晚上十一二点才

回家。

即使如此辛苦劳作，家里仍是贫寒得一无所有，老鼠来了一圈都会失望地离去。

童年的成杰体质很弱，经常生病，最令父母揪心的是他的头疼病，一发作起来就直撞墙。村里医疗落后治不了，父母只好背着他艰难地爬几十公里崎岖的山路，才能到大路边搭车去城镇上的医院。小小的他看着黑瘦的父母，心里就暗暗立志，有朝一日一定要通过自己的努力让辛苦的父母过上好日子。

9岁的城市孩子，可能还依偎在父母怀里撒娇，可是9岁的成杰已经开始"做生意"了。每到六七月份，湿润的山里就会长出许多蘑菇，9岁的成杰就趁着暑假爬到山上采蘑菇，积起来，爬几十公里山路拿到城里卖。

12岁时，他发现村里许多人家因为农忙，采来蘑菇没时间去城里卖，他就想何不把村里人采的蘑菇集中收上来，一起拿到城里卖。当然，他不会白跑腿，他在城里卖的价钱会比收上来的价钱要高个一毛两毛。

为了把蘑菇卖个好价钱，他甚至从小地摊上买来一本《销售技巧》来琢磨顾客的心理。那一年暑假结束，他竟然靠倒卖蘑菇挣了整整500元！这在当时是个非常大的数字，12岁的成杰不仅将兄弟姐妹的学费都解决了，还结余了不少钱给父母。

卖蘑菇是他人生的第一份"工作"，是他接触社会的开端。这件事不仅仅是挣到了钱，提升了他的社会经验，更重要的是让他明白了一个让他惊讶的事实，那就是：一个人的成功绝对不会仅仅依赖于他的学识和专业技能，更多的要取决于他是否善于为人处世，会有效说话，是否能够推销自己，能够领导他人。

1999 年，成杰 17 岁，刚读初中。那一年，父亲生病了，家里忽然少了一个主劳动力，家里的经济状况也不能让他继续上学。他含着泪水主动辍学了，他要代替父亲成为家里主劳动力。

他开始了没日没夜的田间地头的劳作，酷烈的日头将他的皮肤晒得黝黑。白天，他埋着头默默地扛锹挥锄，与农田里许许多多的村里人一样汗湿衣裳。然而夜深人静的时候，他常常睡不着，他问自己：这就是我一辈子的生活吗？我才 17 岁，难道这就是我的人生吗？

两年后，他 19 岁了，父亲的病也好了很多。2001 年 2 月 16 日，春节刚过，他说服了父亲，告别亲人和家乡，怀揣着梦想远行。经过十多个小时的颠簸，终于到达了绵阳，投奔一个昔日的老乡朋友。他以为，脚下的未来之路，会像画卷一样展开。

然而，现实却给他重重一击。没有学历，没有背景，没有关系，没有资金……几乎什么也没有的他，在长达两个月的时间里没有找到事做，老乡也因为能力有限，帮不上什么忙。最后，只能流落街头。

生存，成了他最大的问题。流浪在热闹的街头，他的内心却无比的冷寂与荒凉。他有时也冒出这样的声音，还是回老家算了吧。但同时被另一个声音很快压倒：不，我不能回去，为了我心中的梦想，为了对父母的承诺，所有的苦和累我都自己承受。

成杰在社会摸爬滚打一番后，悟出一个道理，要成功就必须要学习，必须"投资在脖子以上的部分"。投资其他都会有风险，可是唯有投资知识和智慧是任何人也拿不走的。可是自从家贫辍学之后，他真的没有时间也没有钱去专门学习，怎么办呢？他想到一个既可糊口又接触知识的办法：白天去当报童卖报纸，晚上摆地摊卖书。

他每天早上 7 点半到报社领报纸，然后穿梭于大街小巷售卖，从报社

批发来 3 毛钱，卖出去 5 毛钱，赚 2 毛钱差价。一开始他不好意思放开喉咙叫卖，结果常常剩下一摞报纸拿回去自己看。

他发现有一个地方书特别便宜，他想先买一点拿到绵阳高新开发区去卖，那一片人的素质不错，应该卖得掉。可是手里没有本钱，他硬着头皮往家里要点钱，父亲将家里的 400 斤大米卖掉给他凑了 350 元钱。

晚上他边摆地摊卖书边看书，虽然寒风如刀，但他心里却是暖烘烘的，一本本书就像一簇簇小小的火苗温暖着他。他常常看书入迷了，直到城管来了也没有察觉，旁边摆摊的人大喊提醒他：猫来啦！他才猛然醒悟过来，兜起地上的书跑得面无人色。

可是他通过一个月的努力共卖出 307 份报纸，得到 61.4 元钱，这些钱连交房租都不够。再这样下去，就要被房东扫地出门了。

为了多挣几个钱，他又找到一个"卖苦力"的活儿，在似火烈日中安装空调。那时候，他常常想到白居易的《卖炭翁》，"可怜身上衣正单，心忧炭贱愿天寒"。他们空调安装工也是，虽然越热越辛苦，但他们还是希望天热。天气越热，空调卖得越好，卖得越好他们的活儿就越多，活儿越多就能多挣几个钱。那时候安装空调还要打排水孔，墙厚的话还要在电钻上加一个钻头，电钻惯性很大，不好操控，打一个孔有时要两小时。安装好空调，往往是满头满脸满鼻孔的灰。

有一次，他干着干着，忽然发现新空调上血迹斑斑，他正疑惑，却猛地发现自己的手指都磨破了，鲜血直流，而他由于干活太集中精神，都没感觉到痛。

他白天给人家安装空调，晚上卖书。书还是要卖的，那不仅多一份收入，自己还可以看书学习。有一天晚上，地摊边围了不少人在看书，但看得多买得少。成杰就想到一个办法，说我给你们演讲吧，你们听听如果有道理呢，就买一本书，没有道理呢，就不买。人们被他这种新奇的卖书方法吸引住了，演讲完之后，听的 11 个人中就有 9 个人买了书，他们都说小伙子你讲得有道理，这书值得买。

他在摆摊卖书的过程中读了不少书，总结出一个小结论，那就是一个人在没有学历、没有资金、没有关系的情况下，最有可能接近成功的办法就是从事销售工作。香港李嘉诚，日本松下幸之助，台湾王永庆，都是以销售员开始，就连比尔·盖茨也是亲自推销他的微软软件。《穷爸爸富爸爸》中的富爸爸说：没有成为销售冠军，当一个老板是不够资格的。

机会永远是为有准备之人准备的。成杰想做销售，却不得要领，他想不管怎样我要先提升自己，他租住的小屋后面有一座小山，他每天早晨都会爬到小山上去读书，大声练演讲。2003 年 7 月的一天，一位新结识不久的朋友问他要不要听一个老师的演讲，可以去学习学习，这位老师是成都一家教育培训公司的董事长，姓张。

成杰就去了。听完两小时的演讲，他被演讲者极有风度的举手投足和诙谐睿智所折服。两个小时，数百人被演讲者的智慧与自信所感染。成杰想：这不就是我要的人生吗？我一定要加入这个团队。

说干就干，第二天成杰就追到了张董事长的办公室。当时的成杰，干瘦黝黑，衣裳陈旧，张董事长并不太接受他。成杰就跟他讲自己的梦想，自己的决心，讲了 30 多分钟，他说他不要一分钱底薪，干好了再说，干不好他自己走人。张董终于被他强烈的企图心打动了，说：给你一个机会，就看你自己的了。

当天成杰就拿着资料包开始了陌生拜访，一幢幢陌生的大楼，一间间陌生的办公室。开始，他陌生拜访时站在门口连门也不敢敲，终于鼓起勇气敲门，得到的往往是冷眼与喝斥。有一次，他鼓起勇气敲开一个办公室

的门，一个老板看到他提着一个包，就知道是一个推销员，他说：小子，你马上离开，不要踩脏我的地板！"这句话在瞬间像一柄刀子扎进了成杰的心上。

他不是没想过退缩和放弃，可是他又想，既然选择了就不能轻易放弃。他想起老师说过的，教育培训业是最有前景同时也是最富有挑战性的行业，很多人在成长的过程中吃不了那份苦，就半途放弃了，这个行业是"剩"者为王。他以常人难以想象的坚韧坚持着，付出着，第二个月，其貌不扬的他就成了公司里的销售冠军。

他的梦想是成为一名杰出的演说家和企业家。可是要成为一名出色的演说家，需要实地演练，可是他的资历决定了没有人会请他去演讲。他就想出了一个办法，那就是免费到大学进行公益演讲，虽然没有报酬，但对自己是一种锻炼。

他打电话给大学，屡遭拒绝。但他不灰心，他打电话给绵阳创业学院，同样遭到了拒绝，后来他又坚持打了多次电话，整整两个多月，创业学院的教务主任被他感动了说：好吧，你来讲一次吧。第一次去大学演讲，他既激动又兴奋，那天正巧碰到狂风暴雨，学校说：雨太大了，取消吧。他坚决地说：我已经约了这么多日子，千万不能取消。他赶过去，给300多个大学生做了第一场演讲。万事开头难，后来，他在西南地区近百所大学巡回公益演讲，听众过万。

在大学累积了演讲经验，就要向企业培训进军了。可是他一没名气二没资历，人家企业不会愿意花钱请他去培训的。怎么办？还是免费去企业讲。虽然是无报酬，但他也一样一丝不苟，有一次一天讲了七家企业，从早上7点讲到深夜2点，第二天嗓子完全哑掉。

终于有一天，一家企业主动付费邀请他去培训。这是他第一堂有偿培训课，一天的培训费 400 元。

2005 年，他 23 岁，他带领团队攻打市场，一直在公司保持销售冠军位置。

2007 年，他 25 岁，他的年薪就突破了百万。

2008 年 11 月，他在上海这个万商云集的国际大都市创建了自己的教育培训公司。他多年的教育培训实战经验让他以一个高起点起步。短短两年，他的众多课程在全国各大企业深入人心。他巡回 120 多个城市，培训演讲 2000 多场。

十年光阴，实则弹指一瞬。对于一般人而言，在生活与人生的诸多磨难与失意中，可能会增多一些皱纹，增添一些白发，甚至一蹶不振。

而如果真正读懂了"瘦鹅"精神，它一定能让你从坚硬残酷的生活樊篱里，突围而出，翩飞在芬芳四溢的人生之春里。